Les apprenties déesses

ATHÉNA LA SAGE

Les apprenties déesses

ATHÉNA LA SAGE

JOAN HOLUB
ET SUZANNE WILLIAMS

Traduit de l'anglais par
Sylvie Trudeau

Copyright © 2011 Joan Holub et Suzanne Williams
Titre original anglais : Goddess Girls: Athena the Wise
Copyright © 2013 Éditions AdA Inc. pour la traduction française
Cette publication est publiée en accord avec Simon & Schuster Children's Publishing Division, New York, NY
Tous droits réservés. Aucune partie de ce livre ne peut être reproduite sous quelque forme que ce soit sans la perm
sion écrite de l'éditeur, sauf dans le cas d'une critique littéraire.

Éditeur : François Doucet
Traduction : Sylvie Trudeau
Révision linguistique : Féminin pluriel
Correction d'épreuves : Nancy Coulombe, Katherine Lacombe
Montage de la couverture : Mathieu C. Dandurand
Illustration de la couverture : © 2011 Glen Hanson
Conception de la couverture : Karin Paprocki
Mise en pages : Sébastien Michaud
ISBN papier 978-2-89733-232-7
ISBN PDF numérique 978-2-89733-233-4
ISBN ePub 978-2-89733-234-1
Première impression : 2013
Dépôt légal : 2013
Bibliothèque et Archives nationales du Québec
Bibliothèque Nationale du Canada

Éditions AdA Inc.
1385, boul. Lionel-Boulet
Varennes, Québec, Canada, J3X 1P7
Téléphone : 450-929-0296
Télécopieur : 450-929-0220
www.ada-inc.com
info@ada-inc.com

Diffusion
Canada :   Éditions AdA Inc.
France :   D.G. Diffusion
               Z.I. des Bogues
               31750 Escalquens — France
               Téléphone : 05.61.00.09.99
Suisse :   Transat — 23.42.77.40
Belgique :   D.G. Diffusion — 05.61.00.09.99

Imprimé au Canada

Participation de la SODEC. SODEC
Nous reconnaissons l'aide financière du gouvernement du Canada par l'entremise du Fonds du livre
du Canada (FLC) pour nos activités d'édition.
Gouvernement du Québec — Programme de crédit d'impôt pour l'édition de livres — Gestion SODEC.

**Catalogage avant publication de Bibliothèque et Archives nationales du Québec et Bibliothèque
et Archives Canada**

Holub, Joan
    Les apprenties déesses
    Traduction de : Goddess Girls.
    Sommaire : 5. Athéna la sage.
    Pour enfants de 7 ans et plus.
    ISBN 978-2-89733-232-7 (v. 5)

1. Athéna (Divinité grecque) - Romans, nouvelles, etc. pour la jeunesse. I. Williams, Suzanne, 1953-
II. Trudeau, Sylvie, 1955-   . III. Titre. IV.
Titre : Athéna la sage.
PZ23.H646Ap 2013   j813'.54   C2012-94272

À Sabrina Hanson,

qui est brillante comme Athéna et aussi

curieuse que Pandore

— S. W.

À Madison et Skylar Stekly

— J. H.

TABLE DES MATIÈRES

1

Le nouveau mortel

— Qui est-ce ? demanda Athéna en faisant un geste de la main vers un garçon qu'elle ne connaissait pas tout en déposant son plateau sur la table où ses amies et elle prenaient toujours leur déjeuner.

La cafétéria tout entière de l'Académie du mont Olympe bourdonnait d'excitation à son sujet. Habituellement, elle ne portait pas trop d'attention aux garçons, mais elle ne put s'empêcher de remarquer celui-là. Habillé d'une cape en peau de lion dont la mâchoire lui faisait une sorte de casque, il était grand et avait les cheveux foncés et bouclés ; de plus, il était musclé comme Atlas, le champion de l'école aux poids et haltères.

— Tu n'as pas entendu parler de lui ? dit Aphrodite en levant un sourcil à la forme parfaite. Il s'appelle Héraclès. Il a été admis à l'Académie ce matin seulement.

Un air de désapprobation se lisait dans ses adorables yeux bleus, qui observaient le garçon.

— Je dois avouer qu'il est mignon, poursuivit-elle, mais il n'a aucun flair pour la mode.

Athéna prit une bouchée de son sandwich héros. Porter une cape en peau de lion était peut-être, en effet, un peu exagéré.

— J'ai entendu dire qu'il était un archer expérimenté, dit Artémis. Mais j'y croirai lorsque je le verrai, dit-elle en plissant les sourcils dans sa direction. On dit aussi que c'est un mortel, tout comme Orion. Alors, peut-être est-il menteur lui aussi.

Orion avait été un premier béguin plutôt décevant, trop imbu de lui-même pour remarquer les sentiments des autres… ceux d'Artémis plus particulièrement. Elle avait désormais tendance à considérer tous les garçons avec suspicion, et surtout ceux qui lui rappelaient Orion d'une manière ou d'une autre.

— Il est mortel et il porte des vêtements bizarres, et après ? dit Perséphone en buvant une gorgée à sa boîte de nectar. Cela ne signifie pas qu'il n'est pas gentil pour autant.

Elle était très sensible à ces choses-là. Sans doute parce que son béguin à elle, Hadès, avait souvent été incompris simplement parce qu'il venait des Enfers.

Attirant l'attention des quatre amies, une explosion de rires admiratifs parvint de la table où était assis Héraclès. Il ne semblait pas avoir perdu de temps à se faire de nouveaux amis parmi les jeunes dieux. Plusieurs d'entre eux, notamment Hadès, Apollon, le frère jumeau d'Artémis, Arès et Poséidon, étaient suspendus à ses lèvres. Athéna ne pouvait entendre exactement ce que disait Héraclès, mais il parlait sans doute d'armes, de guerre, de sport ou de chasse. Selon son expérience, c'étaient là les sujets auxquels s'intéressaient le plus les garçons. Et comme de fait, quelques instants plus tard, Héraclès faisait circuler sa grosse massue noueuse, ce qui provoqua des exclamations d'admiration chez les garçons. Pour ne pas être en reste, Poséidon montra son trident et Apollon, son arc.

— Alors, qu'en penses-tu ? dit Aphrodite à Athéna en lui touchant l'avant-bras.

— À quel sujet ? demanda Athéna en pensant qu'elle avait dû manquer une partie de la conversation.

— À propos d'Héraclès.

Aphrodite, Artémis et Perséphone se penchèrent vers elle comme si elles avaient hâte d'entendre ce qu'elle avait à dire. Athéna hésita. Elle se rappelait très bien à quel point elle s'était sentie nerveuse lorsqu'elle était arrivée à l'AMO moins d'une année auparavant. La plupart des jeunes dieux et déesses, ici, y compris ses trois meilleures amies, étudiaient ensemble depuis des années. Ils étaient tous si magnifiques, séduisants, doués et incroyables. Et si elle avait soupçonné alors qu'ils parlaient d'elle, la jaugeant et la jugeant, elle se serait sentie encore beaucoup plus nerveuse.

— Peut-être devrions-nous nous mettre à sa place et nous demander ce qu'il pense de nous, au lieu de l'inverse, suggéra-t-elle. Il se demande probablement si nous allons l'aimer. Peut-être essaie-t-il d'impressionner ces jeunes dieux.

— Je n'y ai jamais réfléchi de cette manière, dit Aphrodite en cillant.

— Ça, c'est plus que de la réflexion intelligente, dit Perséphone en souriant à Athéna avec admiration, même pour quelqu'un comme toi.

— Les mots de la sagesse, de la part de la déesse de la sagesse en personne ! ajouta Artémis.

— Merci, leur dit Athéna.

C'était gentil, ces louanges, mais honnêtement, bien qu'elle sache être intelligente, elle n'était pas certaine de mériter le titre de déesse de la sagesse. Si elle avait réellement été si sage, elle n'aurait pas fait toutes les erreurs qu'elle avait faites depuis qu'elle était ici, à l'AMO, comme inonder la Terre de ses inventions, s'inscrire à trop de cours et d'activités parascolaires à la fois et transformer les cheveux de Méduse en serpents. De plus, les mots ne signifiaient pas grand-chose si on n'agissait pas en conséquence. Jusqu'à maintenant, elle n'avait encore rien fait pour accueillir Héraclès. Eh bien, elle pourrait y remédier.

Elle termina son sandwich héros, espérant que cela la ferait se sentir un peu plus héroïque. Puis, rassemblant son courage, elle se leva de table.

— Je vais aller le saluer. Vous savez, lui souhaiter la bienvenue à l'AMO.

Elle hésita un moment. Se mettre de l'avant de la sorte ne lui venait pas facilement, et plus particulièrement avec les garçons.

— Quelqu'un veut m'accompagner ? demanda-t-elle, comme ses amies la regardaient avec surprise.

Avant même que les autres puissent lui répondre, le haut-parleur de l'école se mit à grésiller. On entendit un tapote-ment, comme si quelqu'un appuyait de manière répétée sur le bouton de l'inter-rupteur. Puis la voix du directeur Zeus tonitrua dans le haut-parleur situé au-dessus de la porte de la cafétéria, faisant sursauter tout le monde.

— EST-CE QUE CE TRUC FONC-TIONNE ? *Tap, tap, tap.* MADAME

HYDRE? *Tap, tap, tap.* EN ÊTES-VOUS
CERTAINE?

Après encore quelques grésillements,
il finit par vociférer son message :

— J'APPELLE ATHÉNA ! PRÉSENTE-
TOI À MON BUREAU. ILLICO. EN
QUATRIÈME VITESSE !

Une pause.

— OH ! ET EN PASSANT, C'EST LE
DIRECTEUR ZEUS QUI PARLE, TON
CHER VIEUX PAPA, AU CAS OÙ TU
NE L'AURAIS PAS DEVINÉ !

Dans la cafétéria, tous les yeux
se tournèrent immédiatement de son
côté. Athéna déglutit. Zeus n'était pas
reconnu pour dire « s'il vous plaît »,

particulièrement lorsqu'il était contrarié. Après tout, il était le roi des dieux et le maître des cieux, alors les bonnes manières n'étaient pas une priorité pour lui.

— Changement de plans, tout le monde. On se voit plus tard.

Laissant son plateau sur la table, Athéna se précipita vers la porte. Même si, ou peut-être parce que le directeur Zeus était son père, elle se souciait de lui plaire plus que quiconque à l'AMO. Son estomac faisait des acrobaties pendant qu'elle dévalait le couloir menant à son bureau. Elle interrogeait son esprit pour essayer de se rappeler si elle avait fait quelque chose de répréhensible. Elle

obtenait des A partout, alors aucun professeur n'avait pu se plaindre d'elle, assu-
rément. Mais son père n'était pas très fort
sur les discussions paternelles amicales
ni sur le bavardage futile. Alors, que
pouvait-il bien lui vouloir?

2

À l'essai

Les neuf têtes de madame Hydre se relevèrent vers Athéna lorsqu'elle arriva dans le bureau d'accueil.

— Bonjour, ma chère, dit la tête orange alors que les autres recommencèrent à lire des documents, additionner des chiffres ou quoi que ce soit d'autre qu'elles aient pu faire avant son arrivée.

Le directeur Zeus t'attend, alors entre tout de suite.

— Merci, dit Athéna.

Elle fit quelque pas en direction du bureau de Zeus, puis se retourna.

— Madame Hydre?

La tête verte et la tête violette de l'adjointe administrative pivotèrent vers elle.

— Je me demandais simplement si…

— Oui? l'interrompit l'impatiente tête violette de madame Hydre.

— Vous pourriez me dire de quelle humeur il est? termina Athéna.

— Pas facile à dire. Il est resté enfermé dans son bureau tout l'avant-midi.

Au même moment, Zeus ouvrit sa porte à la volée, la faisant sortir de deux de ses gonds, chose qui arrivait plutôt souvent, en réalité. Si souvent, en fait, qu'aucune des têtes de madame Hydre ne s'en soucia. L'adjointe se contenta d'appuyer sur un bouton identifié « charnières » pour appeler un homme de service afin de réparer la porte.

Athéna leva les yeux pour regarder la tête massive de Zeus, avec ses cheveux roux en bataille et sa barbe frisée, alors que la silhouette du directeur remplissait l'encadrement de la porte.

— Salut, papa, dit-elle. Tu voulais me voir ?

— Tu parles que je voulais te voir!
beugla-t-il. Alors, que fais-tu là à discuter
avec madame Hydre?

Il se recula de quelques centimètres
pour la laisser entrer. Il faisait plus de
deux mètres de hauteur et avait les muscles saillants; il la surplombait comme
un géant alors qu'elle se faufilait dans la
pièce.

Zeus ferma la porte derrière eux, et
celle-ci pendouillait d'un air grotesque
en grinçant sur sa seule charnière valide.
Comme d'habitude, on aurait dit qu'une
tornade avait dévasté le bureau du directeur. Des documents, des rouleaux, des
cartes, des pièces éparpillées d'un jeu

d'olympusopoly et des bouteilles vides de jus de Zeus étaient éparpillés un peu partout. Des plantes à moitié mortes étaient perchées sur des classeurs cabossés, et il y avait un peu partout dans la pièce plusieurs chaises aux coussins constellés de brûlures disposées de sorte qu'elles créaient un énorme labyrinthe.

— Assise ! ordonna Zeus en traversant la pièce pour se rendre jusqu'à l'imposant trône doré situé derrière son bureau.

Comme il se penchait pour s'y asseoir, Athéna tira une chaise verte au dossier en forme de coquillage de l'autre côté de son bureau. Mais elle dut y enlever les rouleaux et les emballages vides de biscuits Oracle avant de pouvoir s'y asseoir.

Puis elle montra du doigt plusieurs grandes feuilles de papyrus recouvertes de croquis sur le bureau de Zeus.

— Qu'est-ce que c'est? demanda-t-elle en se penchant en avant pour mieux regarder ce qui semblait être des esquisses pour un nouveau bâtiment quelconque.

— Les plans d'un nouveau temple, dit Zeus avec fierté. Les gens d'Olympie vont le consacrer à ma petite personne! Naturellement, il sera construit selon mes spécifications ; c'est pourquoi je consigne toutes les nouvelles idées en matière d'architecture, continua-t-il avec un enthousiasme grandissant.

Il montra une pile de revues *Temples d'aujourd'hui* sur le coin de son bureau. Sur la page couverture, on pouvait lire :

- CORINTHIENNES, IONIQUES OU DORIQUES ? CE QUE VOTRE CHOIX DE COLONNES RÉVÈLE SUR VOUS

- TENDANCE DU JOUR : DÉCOREZ VOTRE TEMPLE EN ILLUSTRANT LES EXPLOITS DES MORTELS

- ÉPATEZ VOS ADORATEURS EN INSTALLANT DU MARBRE SUR TOUTES LES SURFACES !

— Je te garantis que ce temple surpassera tous les autres temples de la Grèce !

— Impressionnant, dit Athéna. Et félicitations !

Elle fut surprise de constater à quel point elle était excitée. Ce n'était pas comme s'il s'agissait du premier temple érigé en l'honneur de son père. Il était le plus important et le plus craint de tous les dieux, les gens sur terre faisaient donc tout ce qu'ils pouvaient pour gagner ses faveurs.

Les larges bandes d'or qui entouraient les poignets de Zeus scintillaient alors qu'il transférait dessins et revues sur le plancher afin de pouvoir mettre ses pieds chaussés de sandales sur le bureau.

— Mais trêve de bavardage. Ce n'est pas pour ça que je t'ai appelée ici aujourd'hui.

— C'est au sujet de mes études? dit Athéna prudemment en s'appuyant sur le dossier de sa chaise. J'ai eu des A partout, alors je ne vois pas comment…

— Pas du tout, dit Zeus en faisant un geste de la main. Tes professeurs me disent que tu t'en tires brillamment.

— Oh, bien, dit Athéna en sentant ses épaules se détendre.

Soudainement, Zeus eut un regard bizarre. Il se frappa le côté de la tête de sa paume massive. De minuscules éclairs jaillirent d'entre ses doigts, faisant roussir le mur situé à la droite de son bureau et mettant le feu à sa barbe. Zeus se souffla sur la poitrine pour éteindre les flammes.

— Merci bien, Métis, bougonna-t-il, parlant à la mère d'Athéna, une mouche qui vivait à l'intérieur de son crâne. J'aimerais que tu voies ce que tu viens juste de me faire faire ! D'accord, d'accord, dit-il après une pause. Ne te mets pas dans tous tes états. Je sais que ce n'est pas la fête pour toi, d'être prisonnière à l'intérieur de ma tête. Oui, je suis certain qu'elle comprend, mais je vais lui dire.

— Me dire quoi? demanda Athéna.

Avoir pour mère une mouche était tout à fait singulier. D'autant plus qu'elle ne pouvait même pas la voir. Elle se demandait parfois quel effet ça ferait d'avoir une vraie mère, une mère qui, en plus de lui ressembler, pourrait cuisiner et coudre, la réconforter et lui faire des câlins. Ou à tout le moins lui parler!

— Ta mère fait dire qu'elle est désolée de ne pas pouvoir jouer un rôle plus actif dans ta vie, dit Zeus en lui jetant un coup d'œil. Et elle espère que tu sais qu'elle t'aime quand même.

Athéna déglutit. Métis avait-elle lu dans ses pensées?

— Oui, je sais, dit-elle d'un air coupable.

— Bien, dit Zeus. Maintenant, sois gentille et fiche le camp.

Déconcertée, Athéna se leva de sa chaise.

— Pas toi! dit Zeus vivement. Je parlais à ta mère encore une fois.

— Oh! dit Athéna en se rasseyant.

Les grands pieds de Zeus retombèrent sur le plancher, faisant sauter tout ce qui se trouvait dans la pièce. Il croisa ses grosses mains sur le plateau de son bureau et se pencha en avant.

— Tu dois te demander pourquoi je t'ai fait venir ici, dit-il.

— Eh bien, oui, en fait, admit-elle.

Les yeux de son père se dirigèrent vers les dessins qu'il avait mis de côté, puis revinrent se poser sur elle.

— J'ai invité un nouveau garçon à l'AMO, commença-t-il.

— Tu parles d'Héraclès ? l'interrompit Athéna.

Qu'est-ce que ce nouveau garçon pouvait bien avoir à faire avec elle ?

— C'est bien lui, dit-il en hochant la tête, puis il fit une pause. Le fait est qu'il est ici à l'essai.

— À l'essai ? répéta Athéna.

Qu'est-ce que c'était censé signifier ? Et pourquoi lui parlait-il de ça ?

— Je lui donne une semaine pour faire ses preuves, dit Zeus. Pour voir s'il est réellement à sa place ici.

— Je vois, dit Athéna.

En réalité, elle ne voyait rien du tout. Pourquoi exiger ça d'Héraclès, alors que le précédent mortel admis à l'AMO, Orion, avait été admis sans période d'essai? D'un autre côté, Orion avait causé bien des problèmes à l'AMO; c'était peut-être la raison pour laquelle Zeus avait décidé de changer les règles du jeu.

— Héraclès est tout en muscles, mais il n'a pas de cervelle, lui confia carrément Zeus. Et il est plutôt impétueux. Il agit parfois comme un char sans conducteur qui va bientôt perdre une roue.

— Vraiment? dit Athéna. Et tu en es certain?

Peut-être ses amies n'étaient-elles pas les seules à juger trop rapidement le nouveau.

— J'ai reçu un rapport de son ancienne école, dit Zeus en hochant âprement. Il semble qu'il y ait eu une escarmouche entre le professeur de musique et lui. Et ça s'est terminé sur une note amère. Pour résumer, Héraclès a fini par casser une lyre sur la tête du professeur.

— Par tous les dieux! s'exclama Athéna.

Elle se demanda pourquoi son père lui racontait tout ça. Voulait-il la prévenir de faire attention à Héraclès ? Si le garçon avait causé des problèmes à son autre école, pourquoi Zeus l'avait-il invité à venir à l'AMO ? Si, comme tous les autres élèves de l'école, elle n'avait pas été aussi intimidée par son père, elle le lui aurait demandé.

— Voici pourquoi je te dis tout ça, dit Zeus, comme si, lui aussi, il pouvait lire dans ses pensées. Je veux que tu gardes un œil sur Héraclès pour moi. Deviens son amie ; propose-lui ton aide et tes conseils.

— Quoi ? Pourquoi moi ? dit Athéna en écarquillant les yeux.

Ce n'était pas du tout ce à quoi elle s'attendait.

— Qui de mieux que ma fille préférée de tout l'univers? dit Zeus en souriant de toutes ses dents blanches éblouissantes. Et de plus, tu es la déesse de la sagesse, n'est-ce pas?

Pardieu! C'était la deuxième fois en une heure que quelqu'un le lui rappelait.

— Eh bien, ouais... dit-elle sans grand enthousiasme.

Une partie d'elle s'inquiétait de ne pas être à la hauteur du titre qu'on lui accordait, mais une autre partie se sentait flattée que Zeus l'ait choisie... qu'il crût qu'elle pouvait aider Héraclès. Elle se dit qu'il ne devait pas craindre qu'Héraclès lui casse une lyre sur la tête.

— Allons, Athé, la cajola Zeus. Si je te le demande avec un joli « s'il vous plaît » arrosé de nectar ?

Athéna sourit. Comment refuser lorsque c'était demandé si gentiment ? Et elle désirait vraiment lui faire plaisir.

— D'accord, dit-elle. Je vais m'en occuper.

— Excellent ! tonna Zeus.

Sautant de son trône, il se pencha par-dessus le bureau, la souleva de sa chaise et l'enlaça pour lui faire un câlin, qui lui sembla plutôt une prise de l'ours.

— Oumpf, exhala Athéna en se débattant pour respirer.

Des secousses électriques fusaient du bout des doigts de son père. Enfin, il la relâcha et se laissa retomber sur son trône. Pendant qu'Athéna reprenait son souffle, il prit les dessins du temple et se mit à les examiner une fois de plus.

— Euh… est-ce que nous en avons fini ici? demanda-t-elle après une minute.

— Oh, salut, Athé, dit Zeus en relevant la tête, l'air surpris qu'elle soit encore là. Tu voulais quelque chose?

— Euh, non, je crois que je vais y aller.

Elle se leva et s'apprêta à s'éclipser. En enjambant une pile de dossiers, elle écrasa accidentellement une boîte vide de Zapomme. *Crack !* Le son dut attirer l'attention de Zeus, car lorsqu'elle fut presque sur le pas de la porte, sa tête apparut au-dessus d'un des classeurs qui se trouvaient derrière elle.

— Une dernière chose, dit-il au moment où elle poussait la porte brisée.

— Oui, monsieur ? dit-elle en le regardant par-dessus son épaule.

— Ne lui dis pas que je t'ai demandé de l'aider.

— Mais... dit-elle en levant les sourcils.

— Oh, et encore une autre chose, l'interrompit-il.

— Oui ? dit-elle de nouveau.

Les yeux bleus perçants de son père plongèrent dans ses yeux gris à elle, en lui jetant son fameux regard de roi-des-dieux-maître-des-cieux.

— Ne me déçois pas, ordonna-t-il.

— D'accord, dit-elle.

Qu'aurait-elle pu dire d'autre ? Puis elle se carapata avant qu'il n'ait le temps de la retenir encore une fois.

3

Le cours de vengeance-ologie

« Dans quoi me suis-je embarquée ? »
se demanda Athéna en quittant le
bureau de Zeus.

Elle déambulait dans le rutilant hall
principal aux carreaux de marbre, si
occupée par ses pensées qu'elle voyait à
peine les magnifiques fontaines dorées
et les murales illustrant les glorieuses

actions des dieux et des déesses en passant devant.

Héraclès et elle ne s'étaient pas encore
parlé, que déjà son père s'attendait à ce
qu'ils deviennent de bons amis. Et Zeus
avait clairement laissé entendre qu'il
serait très déçu si elle ne réussissait pas
à… en fait, à quoi, exactement ? Toute
une déesse de la sagesse ! Elle avait
accepté d'aider Héraclès sans vraiment
savoir ce que Zeus attendait d'elle exactement. Il avait dit qu'Héraclès était impétueux. Était-elle alors censée l'empêcher
d'avoir des ennuis ? Ou peut-être l'aider
dans ses pires matières scolaires ? Oh,
pourquoi n'avait-elle pas posé plus de

questions quand elle en avait eu l'occasion ?

Déviant vers la gauche, elle dépassa un jeune dieu portant des cornes spiralées et une queue écaillée ainsi que deux jeunes déesses aux cheveux roses et aux grandes ailes avant de s'arrêter devant son casier.

— Numéro 183, ouvre-toi, psalmodia-t-elle.

La porte de son casier s'ouvrit à la volée, et elle prit dans la pile ordonnée le rouleau de texte dont elle avait besoin pour son cours suivant. La cloche-lyre sonna au moment même où la porte de son casier se refermait.

Athéna jeta un coup d'œil en direction du héraut qui se tenait sur le balcon au bout du couloir.

— Le cours commencera dans deux minutes, annonça-t-il d'une voix forte et solennelle.

Puis il frappa la cloche-lyre de nouveau avec son petit maillet :

Ping ! Ping ! Ping !

Athéna lui fit un signe de la main. Il était plutôt guindé et très fier de ne jamais se laisser distraire ; les étudiants s'amusaient donc à essayer de le surprendre et de le faire sursauter. Cela ne fonctionna pas cette fois. Se retournant, elle se dépêcha de se rendre au cours de vengeance-ologie. Son enseignante, madame Némésis, se tenait à la porte, hochant brièvement la tête pour saluer chacun des élèves qui entraient dans la classe. Elle était heureuse d'arriver à temps, car madame Némésis était portée sur les punitions bien méritées et pas toujours agréables. Pourtant, Athéna l'admirait en secret, car elle était auda-cieuse et indépendante. Une femme forte, tout comme celle que voulait devenir Athéna.

Faisant le tour des grandes ailes de l'enseignante, Athéna se dirigea vers sa place. En passant devant Méduse, les cheveux de serpents de celle-ci se mirent à se tortiller et à siffler. Athéna s'inclina de côté pour les éviter.

— Désolée, dit Méduse en haussant les épaules. Mes reptiles n'aiment tout simplement pas les fines mouches. Que veux-tu que j'y fasse ?

« Espèce de gorgone » pensa Athéna tout bas, car elle n'était pas mesquine comme certaines personnes.

Ce n'était un secret pour personne que la mère d'Athéna était une mouche, mais Méduse et ses deux sœurs étaient les seules élèves suffisamment mesquines pour la taquiner à ce sujet. L'ignorant, Athéna continua son chemin. Une fois assise, elle déposa ses rouleaux sur le bureau, puis fouilla dans son sac pour y trouver une plume.

Boum !

Le bruit sourd fit sursauter Athéna.

— Hé, fais attention avec ce machin ! grogna Méduse.

Athéna leva les yeux pour voir Héraclès à quelques sièges devant elle se débattant pour garder en équilibre une pile de rouleaux de textes. Son gourdin reposait sur le sol, à côté du bureau de Méduse, là où il était tombé.

— Désolé, dit-il à Méduse.

Lorsqu'il s'arrêta pour ramasser son gourdin, les serpents dardèrent la langue en sa direction. Plus rapide que les éclairs de Zeus, Héraclès attrapa une pleine poignée de serpent dans sa main libre et commença à les serrer.

— Arrête! cria Méduse. Tu les étrangles.

Du devant de la pièce, madame Némésis jeta un regard sévère à Héraclès.

— Il y a un problème?

L'air penaud, Héraclès libéra les serpents. Ceux-ci s'affaissèrent, semblant étourdis, mais néanmoins sains et saufs. Madame Némésis lui montra du doigt un bureau libre à côté d'Athéna, de l'autre côté de l'allée.

— Assieds-toi, s'il te plaît.

— D'ac, dit-il en se dirigeant d'un pas nonchalant vers le bureau.

Il y jeta ses rouleaux de texte, puis laissa tomber son gourdin sur le sol à côté de sa chaise. *Bang!* Alors qu'il s'assoyait, Méduse tourna la tête pour le dévisager.

— Ne la regarde pas dans les yeux, lui murmura rapidement Athéna en se penchant vers lui. Elle transforme les mortels en pierre.

— Merci du conseil, dit-il en portant une main devant ses yeux pour les protéger et en regardant Athéna entre ses doigts.

— Pas de problème, réponditelle.

Peut-être servir de guide à Héraclès ne serait-il pas si difficile, après tout. Il avait déjà suivi son premier conseil. Quelle chance qu'il soit inscrit à l'un des cours qu'elle suivait !

Athéna jeta un regard vers le devant de la pièce. Madame Némésis était en train d'écrire quelque chose au tableau, tournant le dos à la classe. Sur sa nuque, une pince en or en forme d'épée retenait ses cheveux dorés. Athéna pensait souvent que si Aphrodite avait eu une mère, celle-ci aurait pu ressembler à madame Némésis. Sauf que madame Némésis était beaucoup plus grave et sérieuse qu'Aphrodite. Et grincheuse. Et ailée.

Se retournant vers les élèves, madame Némésis montra du doigt la question qu'elle venait d'écrire sur le tableau.

— Qu'est-ce que la vengeance ? lut-elle à voix haute.

Beaucoup de mains fusèrent, incluant celle d'Athéna. Madame Némésis nomma Méduse.

— Si quelqu'un te fait quelque chose de monstrueux ou de diabolique, ou tout simplement de vache...

Méduse lança cela en plissant des yeux en direction d'Héraclès, qui se pencha pour éviter son regard.

— ... ou le fait à tes serpents, poursuivit-elle, alors tu peux lui retourner la monnaie de sa pièce.

— D'accord, dit madame Némésis. Est-ce que quelqu'un pourrait élaborer la réponse de Méduse?

Les mortels en classe qui avaient levé la main plus tôt la baissèrent lorsque

Méduse balaya la pièce du regard. Athéna garda la sienne levée.

— Oui ? dit madame Némésis.

— Le fait est, dit Athéna, que la vengeance, c'est en réalité prendre une revanche. Et pour qu'une revanche soit équitable, il faut qu'il y ait un équilibre, poursuivit-elle, en hésitant toutefois.

— Continue, dit madame Némésis en hochant la tête.

— Eh bien, dit Athéna en tripotant sa plume bleue. C'est le principe d'œil pour œil, dent pour dent. L'ampleur de la punition d'une mauvaise action devrait correspondre à cette action. Par exemple, si une personne vous envoie un coup de pied, vous pouvez lui en donner un en retour, mais lui couper la jambe serait une revanche démesurée.

— Très bien, dit madame Némésis. Quelqu'un d'autre aimerait ajouter quelque chose ?

— Les règles changent en temps de guerre, proposa Héraclès.

Sa cape en peau de lion attirait les regards de ses pairs, mais il ne semblait pas du tout s'en formaliser.

— En quoi ? demanda madame Némésis en levant un sourcil interrogateur.

— Pendant une guerre, dit Héraclès en levant les épaules, les soldats tuent sous les ordres des dirigeants et non parce qu'on leur a fait quelque chose personnellement. Les mêmes règles ne s'appliquent pas.

— Point de vue intéressant, dit madame Némésis.

Athéna pensait comme elle. Le commentaire d'Héraclès l'avait surprise, puisque Zeus semblait si certain qu'Héraclès était davantage doté en muscles qu'en cervelle. Elle lui sourit, et il lui rendit son sourire. Peut-être que devenir amie avec lui se révélerait-il amusant après tout.

Juste avant que la cloche-lyre sonne la fin de la classe, madame Némésis dit :

— Je veux que tous vous lisiez les chapitres trois et quatre de votre rouleau de texte de vengeance-ologie pour lundi.

Sans quoi…, poursuivit-elle en plissant les yeux.

Personne n'avait jamais tenté de découvrir ce que « sans quoi » pouvait signifier ; tous les élèves faisaient donc leurs devoirs assidûment.

Héraclès prit sa massue et la fit balancer pour aller la poser sur l'une de ses épaules. Il le fit d'une manière naturelle donnant à penser que le gourdin ne pesait pas plus lourd que la plume d'Athéna, ce qui n'était certainement pas le cas. Puis il attrapa sa pile de rouleaux de textes.

— À plus, dit-il à Athéna.

Tenant les rouleaux de texte au-dessus de sa tête, il se mit en route vers la porte. Soudainement, quelques rouleaux se mirent à glisser.

— Attention! l'avertit Athéna, mais trop tard. Héraclès fit des efforts vaillants pour essayer de les retenir, mais ne réussit qu'à laisser tomber son gourdin, qu'il reçut sur le pied.

— Ouch! Ouch! Ouch! cria-t-il.

Se tenant le pied à deux mains, il sautillait sur place sur une jambe.

Les étudiants le dévisageaient avec surprise.

— Bien fait pour lui, grommela Méduse en faisant un sourire mesquin.

— Ça va? dit madame Némésis en s'empressant auprès de lui.

— J'vais bien, marmonna Héraclès en devenant rouge comme une pivoine lorsqu'il s'aperçut que tout le monde le regardait. En fait, poursuivit-il, ça va aller mieux lorsque mon pied cessera de m'élancer.

— Tu en es sûr? demanda madame Némésis.

— Aucune blessure, dit-il en se tâtant le pied attentivement. Autre qu'à mon orgueil.

Plusieurs élèves se mirent à glousser, mais voyant qu'Héraclès se portait bien, ils commencèrent à sortir de la classe.

Athéna s'agenouilla pour l'aider à ramasser ses rouleaux de texte, enchantée qu'il ait fait preuve d'humour dans son malheur.

— Tu pourrais en mettre quelques-uns dans ton casier, lui suggéra-t-elle. Et il n'est peut-être pas nécessaire de transporter ta massue partout où tu vas.

— Bonne idée, pour les rouleaux, dit Héraclès. Mais mon gourdin ne me quitte pas.

— Tu sais, lui dit-il, alors qu'ils sortaient de la classe ensemble, c'était plutôt gênant, ce qui vient de se passer. Et à ma première journée dans cette école, par-dessus le marché.

— À ma première journée ici, dit Athéna en riant, un cheval jouet que j'avais lorsque j'étais petite est tombé de mon sac au beau milieu du cours.

— Whoa, dit Héraclès en faisant un sourire en coin. J'imagine que je ne devrais pas trop me lamenter sur mon sort, alors. Je crois que je vais suivre ton conseil, poursuivit-il en montrant les casiers du bout de son gourdin, et aller y porter ça avant mon prochain cours. À plus tard.

— Attends, dit Athéna impulsive-ment. Je vais rencontrer quelques amis après l'école au marché surnaturel. Tu veux venir ? Ils y font les meilleurs laits fouettés à l'ambroisie.

— Ça me semble chouette, dit-il en appuyant son gourdin contre un casier, puis en faisant tourner le cadran du cadenas de son propre casier. Où se trouve le marché surnaturel ?

— De l'autre côté du terrain de sport, derrière le gymnase, répondit-elle. Que dirais-tu de venir me rejoindre au pied de l'escalier menant aux dortoirs à la fin des cours ? Nous pourrions marcher ensemble jusque-là.

— Génial ! dit Héraclès. À plus tard, alors.

Athéna lui fit un signe de la main en partant pour aller à son prochain cours. Peut-être Zeus avait-il jugé Héraclès trop sévèrement. Certes, il aurait sans doute besoin d'un peu d'orientation, comme tous les nouveaux étudiants. Et bien qu'il

ait presque étranglé certains des serpents de Méduse, il était probable que
presque tous à l'AMO aient déjà eu envie
d'en faire autant à un moment ou à un
autre. Et il avait réussi à se calmer avant
de faire quelque chose de vraiment
grave. Peut-être quelque chose ou
quelqu'un l'avait-il provoqué, pour qu'il
écrase une lyre sur la tête de son professeur de musique, après tout ! Qu'importe,
elle aimait son sens de l'humour. Elle
sourit intérieurement. Cela ne faisait rien
que Zeus ait raison ou tort à propos
d'Héraclès. Maintenant qu'elle apprenait
à le connaître, elle était heureuse
d'avoir un prétexte pour garder un œil
sur lui !

4

Une mystérieuse silhouette

Athéna tapait du pied avec impatience. Cela faisait près d'une demi-heure qu'elle attendait au pied de l'escalier de marbre. Mais où Héraclès pouvait-il bien être? Le hall d'entrée était vide. Ses amies se trouvaient sans doute au marché surnaturel à l'heure qu'il était. Et elles se demandaient probablement ce qu'elle faisait. Si Héraclès avait changé d'idée, la moindre des choses aurait été de le lui laisser savoir. Se sentant contrariée et abandonnée, Athéna poussa les portes de bronze de l'Académie et dévala en courant les marches de granite menant à la cour pour se rendre seule au marché.

Elle était rendue à mi-chemin de la cour lorsqu'elle entendit parler à haute voix et aperçut deux silhouettes qui se disputaient à l'orée de l'oliveraie qui avait été plantée de l'autre côté de la cour. Il lui sembla reconnaître l'une des voix. Était-ce Héraclès ? Mettant une main au-dessus de ses yeux pour atténuer les reflets du soleil, elle plissa les yeux pour essayer de voir de qui il s'agissait. Il y avait deux garçons. Elle ne reconnut pas celui qui se trouvait à gauche, mais celui de droite portait une peau de lion. Héraclès, sans équivoque !

Perplexe, Athéna essaya de décider ce qu'elle devait faire. Elle était certaine qu'Aphrodite lui aurait conseillé de l'ignorer et de passer son chemin pour le punir de lui avoir posé un lapin. Mais elle voulait une explication ! Devait-elle les interrompre et exiger qu'il lui en donne une sur-le-champ ? Pendant qu'elle restait sur place à tergiverser, Héraclès se sépara de l'autre silhouette, qui disparut dans l'oliveraie.

— Athéna ! l'appela-t-il et, tenant son gourdin sur une épaule, il se mit à courir dans sa direction. Désolé d'être en retard, dit-il. Es-tu fâchée ?

— Un peu, admit-elle. Mais je vais m'en remettre, poursuivit-elle en faisant un sourire en coin. Tu veux toujours venir ?

— Ouaip !

Ils se mirent à marcher vers le terrain de sport à l'autre bout du campus. Athéna devait marcher rapidement pour suivre les longues foulées d'Héraclès.

— Qui était ce garçon à qui tu parlais ? demanda-t-elle après une minute.

— Mon cousin Eurysthée, dit Héraclès en fronçant les sourcils.

— On aurait dit que tu n'étais pas très heureux de le voir, dit Athéna, un peu essoufflée.

— On ne peut rien te cacher, marmonna Héraclès d'un air bourru.

— Quelque chose ne va pas ? demanda Athéna en levant un sourcil.

— Ce n'est rien, dit Héraclès en secouant la tête. Rien dont je ne peux m'occuper moi-même, en tous les cas.

Elle avait promis de ne pas dire à Héraclès que Zeus lui avait demandé de l'aider, mais cela ne signifiait pas pour autant qu'elle ne puisse pas lui proposer son aide. Cependant, les garçons se révélaient plutôt susceptibles à l'idée que quiconque puisse penser qu'ils étaient faibles d'une manière ou d'un autre. Et plus particulièrement un garçon qui semblait compter autant que lui sur sa force brute. C'est pourquoi Athéna usa de beaucoup de tact pour lui dire :

— Si jamais tu avais des problèmes ou tu avais besoin d'aide, tu me le dirais ?

— J'imagine que oui, dit-il en la regardant avec surprise et en haussant les épaules.

Quelques instants plus tard, il tendit un index en direction d'un énorme bâtiment circulaire à la gauche du terrain gazonné qu'ils étaient en train de traverser.

— C'est le gymnase ?

— Han han, dit Athéna. Il y a parfois des danses là-bas, et c'est le groupe d'Apollon qui fait la musique. Et c'est à ciel ouvert à l'intérieur.

— Wow! dit Héraclès. Le gymnase de mon ancienne école était deux fois plus petit. C'est vraiment gentil de la part du directeur Zeus de m'avoir invité ici. Je crois que c'est ton père, hein? poursuivit-il après un moment d'hésitation.

— Oui.

L'annonce faite pendant l'heure du déjeuner avait certainement dissipé tout doute à ce sujet! Athéna se demanda si Héraclès savait également que sa mère était une mouche. Si c'était le cas, il

faisait preuve de suffisamment de diplo-
matie pour ne pas en parler.

Lorsqu'ils arrivèrent aux portes du
marché, les trois chiens d'Artémis, qui
n'étaient pas admis à l'intérieur, se
mirent à japper de joie et les encerclèrent
en agitant la queue. Amby, le beagle, frétillait de tous côtés alors qu'Athéna se
penchait pour le flatter, tandis que
Nectar et Suez se mirent à grogner, semblant inquiets à la vue de la cape en peau
de lion d'Héraclès. Il tendit une main
pour permettre aux chiens de la renifler,
et quelques instants plus tard ils lui
léchaient les doigts en glapissant joyeusement comme s'ils avaient toujours été
des amis.

— À plus tard, les garçons, dit Athéna en faisant une dernière caresse à Amby.

Puis Héraclès et elle entrèrent dans le marché. Ils passèrent devant des étagères de friandises et des présentoirs remplis du dernier numéro du magazine *Adozine*. Remarquant que le visage souriant d'Orion faisait la page couverture, Athéna retourna le magazine en espérant qu'Artémis ne l'ait pas vu en arrivant au marché.

— C'est une longue histoire, dit-elle à Héraclès qui lui jetait un regard interrogateur.

Puis ils se rendirent à une grande table ronde au fond du magasin où les amies d'Athéna étaient tranquillement assises à siroter leur lait fouetté. Pandore, sa compagne de chambre, et Pheme, la déesse des rumeurs, étaient là elles aussi. Aphrodite lui fit signe de s'approcher.

— Il était temps que tu arrives !

— Héraclès ! cria Apollon. Que fais-tu ici ?

— On m'a invité, répondit Héraclès en souriant. Et toi ?

— Touché ! dit Apollon en riant.

Il montra à Héraclès une chaise vide entre lui et Poséidon. À l'extrémité de la table, Perséphone tira Hadès par la main.

— Nous allons chercher d'autres laits fouettés.

— Je vais vous aider, dit Artémis en se levant.

— Intéressant, murmura Aphrodite tandis qu'Athéna prenait place entre Pheme et elle. On dirait bien que tu as réussi à faire connaissance avec Héraclès.

— Ne te mets pas des idées dans la tête, dit Athéna en parlant tout bas pour que Pheme ne l'entende pas. Je lui ai proposé de venir ici en toute amitié.

— C'est ce que tout le monde dit toujours, dit Aphrodite en souriant.

— J'ai manqué quelque chose ? demanda Pheme en se penchant vers elles.

Ses yeux brillaient, et elle se léchait les lèvres, peintes en orange. Les mots qu'elle prononçait faisaient de petits nuages de fumée en forme de lettres qui s'évanouissaient dès qu'elle avait fini de parler.

— Rien d'important, dit Athéna vivement.

— Oh, dit Pheme d'un air déçu en raclant la paroi de son verre vide avec sa cuillère.

— C'est très joli, le chiton que tu portes, dit Athéna pour lui remonter le moral, mais aussi parce que c'était vrai.

Le vert foncé allait très bien à Pheme, qui avait le teint pâle et des cheveux orange hérissés. Et Athéna constata que la qualité du tissu était exceptionnelle.

— Merci, dit Pheme en se réjouissant d'entendre ce compliment. Je l'ai pris chez Arachné.

— Le magasin Articles de couture Arachné? demanda Athéna. Au marché des immortels? Je croyais qu'ils ne vendaient que de la laine à tricoter, du fil et des tissus.

— Je n'ai pas acheté ce chiton au marché, dit Pheme en secouant la tête. Je l'ai acheté directement d'Arachné elle-même.

— Arachné est une vraie personne? dit Athéna. Je croyais que c'était simplement le nom de la boutique.

— La boutique est nommée ainsi en son honneur, dit Pheme en la

regardant avec de grands yeux. Sérieuse-
ment, tu n'avais jamais entendu parler
d'elle ?

— Ne s'agit-il pas de cette mortelle
qui est censée être une incroyable tisserande ? demanda Aphrodite. J'ai entendu
dire qu'elle était très connue, sur Terre.
Mais j'ai oublié d'où elle était.

— Elle vit à Hypaepa, dit Pheme.
C'est un petit village au pied du mont
Aepos.

Athéna se sentait plutôt embarrassée
de ne pas connaître la fille, car elle avait
elle-même inventé le tissage.

— Je me demande bien pourquoi je
n'ai jamais entendu parler d'elle, dit-elle
tout haut.

— Peut-être parce que tu passes trop de temps le nez dans tes rouleaux de textes, dit Aphrodite en riant.

— Tu devrais être plus attentive à ce qui se passe autour de toi, dit Pheme. Tu serais surprise de voir le nombre de choses intéressantes que tu pourrais apprendre.

Athéna sourit. C'était bien le genre de conseil que l'on pouvait s'attendre à recevoir de la part de la jeune déesse des rumeurs. Mais Pheme avait raison. Athéna devrait faire davantage attention à ce qui se passait sur Terre. Et elle ne pouvait s'empêcher de se sentir flattée que des mortelles s'intéressent au tissage, un art qu'elle avait inventé. Peut-être devrait-elle aller admirer leurs succès. Elle prit mentalement note d'aller bientôt rendre visite à Arachné.

Perséphone, Hadès et Artémis étaient maintenant de retour avec une demi-douzaine de laits fouettés à l'ambroisie.

— Merci, dit Athéna à Perséphone qui lui en tendait un.

Elle en remit également un à Héraclès.

— Miam! dit-il quelques secondes plus tard. Tu peux me laisser ceux-là aussi, ajouta-t-il en jetant un coup d'œil aux boissons qu'Hadès et Artémis avaient encore dans les mains.

Tout le monde se mit à rire.

— C'est une vraie peau de lion ?
demanda Pandore en fixant Héraclès
depuis l'autre côté de la table.

— Bien sûr, dit Héraclès. Est-ce que
tes cheveux sont vraiment bleus ?
demanda-t-il du tac au tac.

Pandore rougit, en se touchant les
cheveux, qui étaient striés de bleu et de
doré.

— Ce sont les couleurs de l'école, dit-
elle. Ne le savais-tu pas ?

Athéna retint un sourire. Les cheveux de Pandore étaient comme ils
étaient depuis qu'elle la connaissait. Et sa
frange était collée sur son front en forme
de point d'interrogation. Mais parfois, la

grande curiosité de Pandore frisait l'impolitesse. Et Héraclès venait de lui faire goûter à sa propre médecine.

— Raconte aux filles l'histoire que tu nous as contée au déjeuner, dit Apollon en frappant Héraclès du coude.

— Ouais, dit Poséidon, raconte comment tu as eu ta cape de lion.

— Elles ne veulent pas entendre ça, dit Héraclès en haussant les épaules.

— Moi, je veux l'entendre, dit Artémis, pourvu que tu t'en tiennes aux faits.

Orion, son béguin qui avait mal tourné, exagérait souvent lorsqu'il racontait des histoires vantant ses mérites.

Héraclès regarda les autres déesses à la ronde. Elles hochèrent toutes la tête en signe d'assentiment.

— Allez, raconte-nous, dit Athéna.

C'était une histoire qu'elle avait vraiment envie d'entendre.

— D'accord, mais j'espère que vous n'êtes pas trop sensibles, dit Héraclès l'air un peu soucieux. En réalité, j'ai dû tuer ce lion parce que c'était un gros problème pour les gens de Némée. Après l'avoir tué, je l'ai dépouillé de sa peau, que je porte maintenant. Et ça, ce sont les faits, dit-il en souriant à Artémis.

— Tu as omis tout ce qui était le plus intéressant, dit Poséidon en frappant son trident sur le sol. Raconte-leur à quel point la peau du lion était impénétrable.

— « Impéné » quoi ? demanda Perséphone.

— Les flèches d'Héraclès n'arrivaient pas à percer la peau du lion, expliqua Hadès. Elle était si épaisse et si dure que les flèches se contentaient d'y rebondir.

— Alors, il a pourchassé le lion jusque dans sa tanière, continua Apollon en mimant l'action qu'il décrivait. Il a lutté pour le terrasser au sol et lui a cassé le cou à mains nues.

— Par tous les dieux ! s'exclama Aphrodite. Comme c'est horrifiant ! Je ne peux pas m'empêcher d'avoir pitié du lion.

— N'en aie pas pitié, dit Poséidon en secouant la tête. Ce lion était une grave menace. Il prenait un malin plaisir à terroriser les gens de Némée, tuant leurs animaux de ferme et...

Il fit une pause, comme s'il n'était pas certain s'il fallait continuer ou non.

— ... et pire, termina Héraclès.

Athéna ne savait pas trop ce que « pire » voulait dire, mais elle pensa que c'était gentil de la part d'Héraclès d'avoir voulu leur épargner les détails sordides. Pourtant, il y avait une chose qui la laissait perplexe.

— Si la peau du lion était impénétrable, comment as-tu fait pour l'écorcher ? demanda-t-elle.

— Je me suis longtemps demandé comment faire, admit Héraclès en passant une main le long de sa peau de lion. Il aurait pu reprendre vie si je ne l'avais pas fait, alors j'ai dû trouver un moyen. Peux-tu deviner ?

Athéna réfléchit pendant un moment. Puis en un éclair de génie, la réponse apparut dans son esprit.

— Les griffes ! s'exclama-t-elle en claquant des doigts. Tu as incisé la peau du lion avec ses propres griffes.

— Wow ! dit Héraclès en la regardant avec admiration. Tu as vraiment trouvé vite. J'aurais épargné beaucoup de temps si tu avais été là avec moi.

Les autres jeunes dieux se mirent à rire, mais Athéna était certaine qu'Héraclès ne plaisantait pas.

— Et pourquoi les habitants de Némée ne pouvaient-ils pas tuer le lion eux-mêmes ? demanda Pandore. Pourquoi a-t-il fallu que tu le tues pour eux ?

— Eh bien… Euh… dit Héraclès d'un ton un peu mystérieux. Je l'ai fait, c'est tout.

Puis il détourna brusquement la conversation en posant des questions à Apollon et à Artémis sur le nouveau tournoi pour lequel ils s'entraînaient.

« Héraclès cache-t-il quelque chose ? se demanda Athéna. Sa réponse à la question de Pandore a été plutôt vague. Et puis, il y avait son cousin qui était arrivé de manière inattendue. Héraclès n'avait pas semblé vouloir parler de ça non plus. Hum. Peut-être, seulement peut-être, Zeus a-t-il raison de se faire du souci à son endroit. »

Lorsqu'il fut temps d'aller dîner, tous se mirent en route pour revenir à l'Académie. Les jeunes dieux faisaient les pitres, se moquant de certains de leurs professeurs et lançant de faux coups de poing dans les airs en précédant les jeunes déesses. Athéna observait Héraclès pendant que les filles discutaient entre elles. Lorsqu'ils arrivèrent dans la cour, Héraclès se sépara des autres garçons.

Athéna le regarda se diriger vers le sentier qui menait à la Terre. Elle suivit ses amies dans le hall principal de l'AMO, mais lorsqu'elles commencèrent à monter l'escalier pour se rendre aux dortoirs, elle leur dit :

— Je vous rejoins plus tard. D'accord ?

Artémis, Aphrodite et Perséphone s'arrêtèrent quelques marches au-dessus d'elle.

— Ne nous dis pas que tu t'en vas encore étudier à la bibliothèque, dit Artémis. C'est vendredi soir, par tous les dieux !

— D'accord, je ne vous le dirai pas, dit Athéna en riant. Puisque de toute manière ce n'est pas le cas. J'ai juste un truc à faire.

Se précipitant à l'extérieur pour qu'elles ne puissent pas la questionner davantage, elle se dirigea vers le sentier qu'Héraclès avait pris. Une fois qu'elle l'atteignit, les frênes, les oliviers et les palmiers dattiers, ainsi que les vignes et les touffes de jacinthes la dérobèrent à la vue.

Rapidement, elle se concentra sur l'image de son oiseau préféré. À mesure qu'elle fixait cette image dans son esprit, son corps devenait de plus en plus petit et léger, et des plumes apparurent. Ses bras se transformèrent en ailes, et ses yeux devinrent plus ronds et plus grands jusqu'à ce qu'elle soit entièrement devenue une grande chouette brune. Dans un grand hululement insouciant, elle battit des ailes et s'éleva dans les airs.

5

Trop de têtes

Volant au-dessus du sentier, Athéna repéra rapidement Héraclès sous sa peau de lion, qui marchait en faisant balancer son gourdin. Elle le suivit à travers forêts et vallées, jusqu'à un endroit appelé Lerne, après avoir passé quelques villages. Selon la rumeur dont Pheme était sans aucun doute la source, une hydre qui était une lointaine cousine de l'adjointe administrative de Zeus vivait ici. Sauf que cette hydre était le mouton noir de la famille Hydre. Tout comme madame Hydre de l'école, c'était un serpent à neuf têtes, mais contrairement à elle, cette créature ravageait les champs et dévorait le bétail, causant bien des problèmes aux pauvres gens qui vivaient dans ces parages.

Héraclès fit le tour de la ville et escalada une petite falaise pour enfin arriver sur la berge d'un marais isolé qui était entouré de quelques arbres chétifs noircis par le feu. La massue levée, il s'approcha d'une caverne dans la falaise.

Athéna descendit pour se percher dans un arbre à quelques pas de là.

— Sors de là, Neuf-Têtes! cria Héraclès. Je sais que tu es là-dedans!

Quelques instants plus tard, les épouvantables têtes de l'hydre apparurent une à une à l'entrée de la caverne qui lui servait d'antre.

— Et pour qui te prends-tu, de venir me déranger ici? rugit la bête, en lançant des langues de feu par ses nombreuses bouches.

— Pouahhh! Quelle mauvaise haleine! dit Héraclès en plissant le nez. C'est comme ça que tu tues tes proies? Tu les intoxiques à mort?

— Très drôle, dit l'hydre.

Ses ailes battaient l'air lorsqu'elle s'avança vers Héraclès sur des jambes écailleuses se terminant par de longues griffes pointues.

Héraclès leva son gourdin devant lui comme si c'était un bouclier.

— Ne t'approche pas davantage! cria-t-il.

L'hydre rit.

— Et tu crois que ce bâton de bois noueux va te sauver la vie? crachota l'hydre. Allez, mon grand, cogne. Je te mets au défi de faire rouler l'une de mes têtes. Tu vas voir ce qui va se passer!

— D'accord, dans ce cas, regarde-moi bien!

Héraclès ramena son gourdin près de son épaule. Les muscles de ses bras ondulèrent lorsqu'il en donna un grand coup sur celle des têtes qui était la plus près de lui. *Tchak !*

« Pardieu ! » Les yeux de chouette d'Athéna clignèrent de stupeur lorsque la tête de l'hydre fut projetée dans les airs avant d'atterrir sur le sol près de l'arbre où elle était perchée et de se mettre à rouler vers le bas de la côte. Mais lorsqu'elle regarda l'hydre de nouveau, elle vit que deux autres têtes étaient apparues pour remplacer celle qu'Héraclès avait fait sauter. Techniquement parlant, la créature était maintenant devenue une dix-têtes.

— Ha ha ! ricana sinistrement l'hydre. Il va falloir faire mieux que ça. Allez le grand, fais de ton pire !

Héraclès frappa de nouveau. Cette fois, il réussit à faire tomber deux têtes, qui furent immédiatement remplacées par quatre autres.

« C'est une douze-têtes, maintenant », pensa Athéna.

Cet exercice était en train de devenir un cours de maths.

— Ho, ho, ho ! Surpris, n'est-ce pas ? dit l'hydre en riant.

Elle fit balayer sa queue autour d'elle, faisant presque tomber Héraclès. Mais au dernier moment, il sauta hors de sa trajectoire, et la queue de l'hydre vint frapper le sol.

— Oups! Manqué.

Rouge de furie, Héraclès fit voler son gourdin encore et encore, ne réussissant qu'à multiplier les têtes de l'hydre.

Même si Athéna admirait le courage et la force d'Héraclès, elle ne pouvait s'empêcher de craindre pour sa vie. C'était un mortel, après tout. Il pouvait perdre la vie! Ne voyait-il pas que sa stratégie ne fonctionnait pas?

— OK, espèce de… têtes de linottes! fulmina Héraclès.

— Espèce d'ignare! Tu as autant de cervelle que ton gourdin! l'insulta l'hydre en continuant de se multiplier.

Héraclès tenta de ne pas le faire voir, mais il parut un peu piqué et gêné.

«Est-ce qu'on l'a déjà taquiné de la sorte avant?» se demanda Athéna. Pourtant, en cet instant même, elle avait tendance à être d'accord avec l'hydre. Héraclès était tellement pris par l'action qu'il en oubliait de réfléchir.

Au même moment, la queue de l'hydre cingla de nouveau. Héraclès fit un bond vers l'arrière, mais pas suffisamment loin. La queue s'enroula autour de ses chevilles. En un instant, il fut soulevé de terre. Maintenant tête en bas, il pendait devant les nombreuses têtes de dragon de l'hydre dont les bouches s'ouvraient toutes grandes pour révéler des dizaines et des dizaines de dents acérées comme des stylets.

Forcée de prendre part à l'action, Athéna se laissa tomber de l'arbre. Faisant disparaître son déguisement de chouette, elle reprit sa forme de déesse et se plaça aux pieds de l'hydre.

— Hé! cria-t-elle. Lâche mon ami!

Toujours pendu à l'envers, Héraclès se tortilla pour la regarder.

— D'où arrives-tu?

Les nombreuses têtes de l'hydre passaient d'Héraclès à Athéna.

— Charmant, dirent-elles en chœur en claquant les lèvres. Un plat principal et un dessert!

— J'ai toujours entendu dire que deux têtes valent mieux qu'une, dit Athéna rapidement. Mais vous devez bien en avoir, disons, au moins une trentaine, maintenant?

L'hydre la regarda, la perplexité se lisant dans tous ses yeux.

— Ne me dites pas que vous ne savez pas combien de têtes vous avez! poursuivit Athéna en faisant semblant d'être étonnée.

— Mais bien sûr que nous le savons, dit la tête du centre. Une seconde, je vais les compter. Une, deux, trois…

Elle se rendit jusqu'à 12, puis s'emmêla dans son calcul.

— Attends, dit une autre tête en l'interrompant, je crois que tu en as oublié une.

Et elle recommença.

— Une, deux, trois, quatre…

Héraclès, bien qu'il eût la tête en bas, tenait toujours son gourdin à la main. Réfléchissant à toute vitesse, il décrivit un grand cercle avec son gourdin et fit sauter trois têtes.

— Arrête ça, dit l'hydre du centre alors que six têtes apparurent pour les remplacer. Tu nous mélanges dans notre calcul.

— Déposez-moi par terre, alors, exigea Héraclès.

— Oh, d'accord, dit l'hydre en rouspétant.

Héraclès fit un clin d'œil à Athéna lorsque l'hydre le reposa sur le sol.

— N'oubliez pas de compter la tête qui compte, dit-il une fois sur pied.

— Hein ? dit la tête qui justement était en train de compter.

— Ah, laisse-moi faire le décompte, râla une troisième tête, probablement la trente-deuxième. Tu es nulle en maths.

— Tu n'es pas tellement mieux, grogna la tête numéro 18.

— Je suis meilleure.

— Non, tu ne l'es pas.

Alors que les têtes de l'hydre se disputaient, Athéna s'approcha de la créature. Elle fit signe à Héraclès d'en faire de même. Le monstre recula instinctivement vers l'entrée étroite de sa caverne, ne semblant pas remarquer que petit à petit, Athéna et Héraclès repoussaient l'hydre vers l'intérieur.

— Si quelqu'un doit compter, c'est bien moi, dit une tête à l'extrême gauche. C'est moi qui ai la tête aux chiffres !

— Ha ! dit une autre tête juste à côté. Il y a deux jours, tu m'as dit que cinq c'était quatre plus un, mais hier, tu m'as dit que cinq c'était trois plus deux ! Tu n'es même pas capable de ne pas te mêler dans tes histoires !

— Ah ouais ? dit la tête de gauche en levant les yeux au ciel. Eh bien, toi tu as dit que c'était sept moins deux, et il se trouve que moi je sais que c'est dix divisés par deux. Alors, c'est quoi cette histoire ?

Héraclès et Athéna se regardèrent en souriant d'un air entendu.

— Je crois que nous avons finalement réussi à prendre la tête dans cette joute, plaisanta Athéna.

Au même moment, lentement et sûrement, ils poussaient l'hydre dans ses retranchements. Faire passer ses innombrables têtes dans l'entrée étroite de la caverne ne fut pas une mince affaire, mais enfin la créature se retrouva tout entière dans sa tanière !

Ils entendaient les têtes qui soit essayaient de compter, soit se chamaillaient à savoir laquelle était la meilleure en maths. Certaines commencèrent à se frapper tant et si bien que des têtes roulèrent, aussitôt remplacées par deux autres. Il ne resta bientôt plus du tout de place dans la tanière, et bien qu'elle ne s'en fût pas rendu compte, l'hydre était bel et bien piégée !

— Gagné ! se réjouit Héraclès en fendant l'air de son poing.

— Alors, qu'en dis-tu ? demanda Athéna en souriant. Devrions-nous rentrer à l'école, maintenant ?

— Ouaip, dit Héraclès en lui rendant son sourire.

Il pointa sa massue en direction de l'hydre :

— J'imagine que tu ne viendras plus déranger les gens de Lerne, maintenant! lui cria-t-il.

— Hein? répondirent en chœur plus d'une centaine de têtes.

Lorsque l'hydre prit conscience qu'ils s'en allaient, elle plongea vers l'entrée de la caverne pour essayer d'en sortir. Mais avec toutes ces têtes, elle ne passait plus par l'ouverture étroite, peu importe comment les têtes essayaient de se placer. Athéna et Héraclès continuaient d'entendre l'hydre se prendre la tête (ou plutôt les têtes) et se chamailler avec elle-même jusqu'à ce qu'ils eurent grimpé la falaise pour s'en retourner à l'AMO.

— Tu as été géniale, lui dit Héraclès admirativement. Merci de ton aide.

« Réussi ! » pensa Athéna.

Elle avait fait ce que Zeus lui avait demandé, et Héraclès l'avait même remerciée. Elle était fière d'elle de lui avoir montré que la violence n'était pas la seule manière de résoudre un problème.

Héraclès prit une feuille de papyrus roulée de sous sa pelisse et la déroula.

— Qu'est-ce que c'est ? demanda Athéna en voyant que quelque chose était écrit sur la feuille.

— Ma liste de choses à faire, lui répondit-il. Deux de faits, encore dix à faire, dit-il en passant le doigt sur le papier et en fronçant légèrement les sourcils.

Sous cape, Athéna prononça un petit sort qui fit se lever une brise. Le papyrus s'envola, et elle le rattrapa.

— Hum, dit-elle en y jetant un coup d'œil. Numéro un, tuer le lion. Numéro deux, combattre l'hydre. Numéro trois, capturer…

— Rends-moi ça ! cria Héraclès en fonçant vers elle et en essayant d'attraper la liste.

Mais elle fit un pas de côté et la mit hors de portée derrière son dos.

— Et que vas-tu faire si je la garde ?
le taquina-t-elle. Faire rouler ma tête au
sol ?

Il avait l'air tellement frustré, pourtant, qu'elle eut pitié et lui rendit sa liste.
D'un air bourru, Héraclès l'enroula bien
serrée et la remit dans sa pelisse.

Ils marchèrent en silence pendant
quelques minutes. Le jour avait fait place
au crépuscule. Leurs ombres s'allon-
geaient au sol lorsqu'ils s'engagèrent
dans un pré rempli de jolies fleurs sau-
vages dont elle ne connaissait pas le nom,
mais que Perséphone aurait pu nommer
les yeux fermés.

— Désolée de t'avoir joué un tour, dit-elle enfin. Mais ne peux-tu pas me dire ce qui se passe ?

— Non, dit Héraclès.

— Non, tu ne peux pas, dit Athéna en lui jetant un regard noir, ou non, tu ne veux pas ?

— Les deux… Enfin, poursuivit-il tout bas, presque pour lui-même, j'imagine qu'il n'a jamais dit que je ne devais en parler à personne.

— Qui ça, « il » ? demanda-t-elle. Ton cousin ? Est-ce qu'il te tient sous sa coupe pour une raison ou pour une autre ? Ou cette liste est-elle simplement une sorte d'épreuve bien compliquée ?

— Non, dit Héraclès en secouant la tête. Mon cousin Eurysthée est celui qui invente les tâches, mais c'est l'oracle qui m'a dit que je devais les faire.

— « Devais les faire » ? répéta Athéna en fronçant les sourcils avec perplexité. Pour quelle raison ? Je ne comprends pas.

— Écoute, dit Héraclès en soupirant. L'AMO est une école bien meilleure que celle que je fréquentais sur Terre. J'veux dire, mon école était vraiment mauvai-se. Pour te donner une idée, j'y étais l'élève le plus brillant. Évidemment, je voulais changer d'école, alors j'ai consulté un oracle dans l'un des temples consa-crés à ton père.

Il fit une pause.

— Il m'a dit que je pourrais obtenir une place permanente à l'Académie, et même la chance de devenir immortel, si je réussissais 12 tâches qu'il a appelées des «travaux». Au départ, je croyais que ça ne serait pas trop difficile, jusqu'à ce que j'apprenne qu'Eurysthée allait décider des travaux.

Il fronça les sourcils.

— Ce misérable demi-portion à la face de fouine m'en veut depuis que nous sommes enfants. Il me déteste parce que j'ai toujours été plus grand et plus fort que lui même s'il est plus vieux que moi.

— Hum, dit Athéna. Le directeur Zeus est-il au courant de ces 12 travaux?

lui demanda-t-elle soudainement d'un air suspicieux.

— Sais pas, dit Héraclès. P't-être bien que oui, p't-être bien que non. Tout ce que je sais, c'est que la première partie de la prédiction de l'oracle s'est réalisée. J'ai reçu une lettre de ton père m'invitant à l'Académie. Tu ne peux pas imaginer à quel point j'étais excité !

— Oui, je le peux, dit Athéna en souriant.

Après tout, la même chose lui était arrivée.

— Le problème, c'est que l'oracle a dit que je n'avais que jusqu'à la fin de la journée de classe de vendredi prochain pour effectuer tous les travaux. Il a prédit que si je n'y arrivais pas, je perdrais toute chance de devenir immortel et je serais expulsé de l'Académie.

— Je vois, dit Athéna, l'esprit en ébullition.

C'était un secret connu des dieux que les oracles servaient simplement de portail par lesquels les dieux communiquaient avec les mortels. Et l'oracle en question appartenait à l'un des temples de Zeus. Ce qui signifiait que les travaux étaient sans aucun doute une idée de Zeus! Mais celui-ci ne s'était probablement pas rendu compte au départ que le cousin d'Héraclès les imaginerait. Et maintenant qu'il le savait, pas étonnant qu'il lui ait demandé de garder un œil sur Héraclès. Qu'il l'ait suppliée de le faire, en réalité, la sommant pratiquement de ne pas le décevoir! Il se sentait probablement un peu coupable. Et le pauvre Héraclès ne savait pas du tout que toute l'histoire était une idée de Zeus.

Athéna ouvrit la bouche pour dire quelque chose, puis la referma. Elle mourait d'envie de dire à Héraclès que le directeur Zeus était de son côté, mais elle ne le pouvait pas, bien sûr, pas sans admettre que son père avait pensé qu'Héraclès aurait besoin d'aide pour y arriver. Il semblait être le genre de garçon qui s'en sentirait gêné.

— Laisse-moi réfléchir, dit-elle plutôt. On est vendredi, aujourd'hui. Alors, ça nous laisse quoi ? Sept jours pour réussir 10 autres tâches ?

— Exactement, dit Héraclès.

— Eh bien, ça fait moins d'une journée pour chaque tâche ! s'exclama Athéna avec inquiétude. Quelle est la prochaine sur ta liste ?

— Je ne veux pas te le dire, dit-il en détournant le regard. Tu es son amie et tu n'aimeras probablement pas ça.

Son cœur s'arrêta presque de battre. Que voulait-il bien dire par là ?

6

Le troisième travail
d'Héracles

Lorsqu'ils traversèrent la couche de nuages, au haut du mont Olympe, l'Académie se profila devant eux. C'était une vue majestueuse, qu'Athéna ne se lassait jamais de voir. Entièrement construite en marbre blanc poli, l'AMO faisait cinq étages de haut et était entourée de toutes parts de dizaines de colonnes ioniques. Juste sous la toiture pointue, on observait des frises en bas-reliefs sculptés d'une main experte qui illustraient les savants exploits réputés des dieux et des déesses.

— Renversant, n'est-ce pas ? dit Héraclès.

— Oui, en effet, dit Athéna en hochant la tête.

Ils allaient bientôt rentrer, et elle n'aurait plus la chance de savoir quel serait son prochain travail. Elle décida d'essayer de nouveau.

— Tu dois me dire quelle est ta nouvelle tâche ! poursuivit-elle. Je te promets que je ne me fâcherai pas, peu importe de quoi il s'agit.

— Bon, d'accord, dit Héraclès en cédant enfin, non sans avoir hésité pendant de longues secondes. Je dois capturer l'un des cerfs d'Artémis et aller le montrer à Eurysthée.

— Pardieu! s'exclama Athéna.

Artémis chérissait ses cerfs blancs tout autant que ses trois chiens. Elle les avait depuis qu'elle était en deuxième année du primaire. Zeus avait permis que les quatre cerfs aux bois dorés demeurent dans l'enceinte de l'Académie, et ils tiraient parfois le char d'Artémis.

— Tu ne dois capturer qu'un seul cerf, c'est ça? demanda Athéna après avoir réfléchi longuement.

Héraclès hocha la tête.

— Et tu pourrais faire ça sans lui faire de mal et le ramener ici une fois qu'Eurysthée l'aura vu?

— Quelle idée géniale! dit Héraclès en comprenant tout à coup où elle voulait en venir.

Athéna ne fut pas certaine de vouloir savoir quelle partie de son énoncé il trouvait géniale — celle où il ramenait l'animal, ou celle où il ne lui faisait pas de mal. Car il semblait aimer un peu trop son gourdin à son goût.

— D'accord, dit Athéna. Je crois que nous pourrions nous occuper de ce travail sans problème. Quel est le travail numéro quatre ?

— Nous ? dit Héraclès en lui jetant un regard interrogateur.

— Les cerfs me connaissent, dit-elle en hochant la tête. On va gagner du temps si tu me laisses t'aider.

— Logique, dit Héraclès en fouillant sous sa pelisse pour prendre sa liste.

Il la déroula rapidement et la consulta. Capturer le sanglier d'Érymanthe, lut-il à haute voix.

— Ton cousin manque un peu d'imagination, n'est-ce pas ? dit Athéna en

soupirant. Toutes ces tâches se ressem-
blent. C'est d'un ennui mortel !

— On ne choisit pas sa famille, dit
Héraclès en haussant les épaules.

— Exact, dit Athéna.

Une pensée déloyale envers sa mère
la mouche lui traversa l'esprit. Mais
elle la repoussa.

— Commençons par le commence-
ment, poursuivit-elle. Les cerfs sont habituellement en train de brouter l'herbe
de la pelouse qui se trouve derrière
l'Académie, à cette heure de la journée.
Nous allons demander à Artémis la permission d'emprunter sa petite biche. Si
elle accepte, cela nous laissera peut-être

le temps d'aller la montrer à Eurysthée avant la tombée de la nuit.

— Tu crois qu'elle sera d'accord ? demanda Héraclès en haussant un sourcil.

— Je vais la convaincre, dit Athéna en essayant d'avoir l'air plus confiante qu'en réalité.

Car, après tout, Artémis pouvait très bien refuser.

— Attends-moi ici, dit Athéna une fois qu'ils eurent atteint les marches de granite qui menaient aux portes de bronze de l'Académie. Je vais courir voir si Artémis est dans sa chambre.

À cause des problèmes qu'elle avait eus avec Orion, Artémis était encore un peu méfiante à l'égard d'Héraclès. Athéna croyait qu'elle avait de meilleures chances d'obtenir sa permission si elle le lui demandait sans lui.

— Bonne idée, dit Héraclès. Madame Hydre m'a dit que les garçons n'étaient pas admis à l'étage des filles.

Il s'assit sur l'une des marches pour attendre Athéna, qui grimpa l'escalier extérieur quatre à quatre, franchit les portes de l'entrée, puis dévala l'escalier menant au dortoir des filles au quatrième étage. Mais lorsqu'elle frappa à la porte d'Artémis, il n'y eut pas de réponse. Et elle n'entendit pas japper ses chiens non plus, donc elle était visiblement sortie.

Athéna essaya la chambre d'Aphrodite, la porte d'à côté.

— Salut, dit-elle lorsqu'Aphrodite ouvrit. Tu sais où se trouve Artémis ?

Jetant un coup d'œil dans la chambre d'Aphrodite, Athéna aperçut son lit fait à la perfection. Il était recouvert d'une moelleuse douillette de velours rouge à motif de petits cœurs blancs, et des coussins en forme de cœur étaient disposés harmonieusement à la tête du lit.

Aphrodite repoussa une mèche rebelle de ses adorables cheveux dorés derrière une oreille à la forme plus que parfaite.

— Je ne l'ai pas vue depuis le dîner, dit-elle. Mais où étais-tu, en passant ? Tu nous as manqué, poursuivit-elle en observant Athéna attentivement.

— Je t'expliquerai plus tard. Je suis un peu pressée, maintenant. Héraclès m'attend.

— Intéressant, dit Aphrodite en haussant un sourcil.

— Ça n'a rien à voir avec ces histoires de filles et de garçons, protesta Athéna avec véhémence.

— Bien sûr que non, dit Aphrodite d'un air entendu.

Athéna soupira. Le cousin d'Héraclès n'était pas le seul à n'avoir qu'une seule idée en tête. Mais alors qu'il faisait une fixation sur la capture de créatures,

Aphrodite, elle, faisait une fixation sur le romantisme !

— À plus tard, dit-elle en se retournant pour partir.

— Reviens me voir dans ma chambre plus tard, lui lança Aphrodite. Je peux peut-être te donner quelques trucs.

— Peut-être, dit Athéna, mais je n'en ai vraiment pas besoin, honnêtement.

Elle courut dans le couloir et dévala l'escalier en trombe jusqu'au rez-de-chaussée. Elle jeta un œil dans la cafétéria, au cas où Artémis y serait encore, mais il n'y avait personne. Son estomac gargouilla, et elle prit conscience qu'elle était affamée. Et Héraclès aussi, sans doute, puisqu'ils avaient tous les deux sauté le dîner. Elle attrapa quelques pommes dans un bol que la préposée de la cafétéria aux huit bras de pieuvre remplissait chaque soir en guise de collation. Les fourrant dans les poches de son chiton, elle se dirigea vers la sortie.

Athéna n'avait été absente que 10 à 15 minutes, mais lorsqu'elle ressortit, Héraclès n'était plus assis sur la marche où elle l'avait laissé plus tôt. Elle regarda partout autour d'elle dans la cour, mais il n'était nulle part en vue. Où avait-il bien pu passer?

Au moment même où elle se demandait où aller le chercher, elle entendit braire de manière désespérée, et elle vit le plus petit des quatre cerfs d'Artémis qui arrivait en bondissant de l'autre côté du bâtiment principal. Quelques secondes plus tard, Héraclès apparut à son tour. Brandissant son gourdin au-dessus de sa tête, il pourchassait la petite biche.

— Arrête ! lui cria Athéna, alarmée.

En la voyant, la biche effarouchée brama de nouveau et courut directement vers elle. Athéna jeta ses bras autour de son cou pour la protéger alors qu'Héraclès dérapait en tentant de s'arrêter devant eux.

— Beau travail, dit-il en souriant et en baissant son gourdin. Tu l'as attrapée !

— Je ne veux pas imaginer ce qui se serait passé si je ne l'avais pas fait, dit Athéna en le fusillant du regard.

— Désolé, répondit-il en agitant sa massue. Je ne l'aurais pas vraiment utilisée. Je voulais juste lui faire un peu peur. Juste assez pour l'éloigner des autres cerfs.

— N'est-elle pas adorable ? dit Athéna en flattant son dos blanc. Elle s'appelle Delta. Elle serait probablement venue tout droit vers toi si tu lui avais offert un morceau de sucre ou une poignée de mélilot.

— Bonne idée ! dit Héraclès, ses yeux noirs se mettant à briller. Je n'y avais pas pensé.

Athéna leva les yeux au ciel. Il devenait de plus en plus évident pour elle qu'Héraclès avait vraiment besoin de ses conseils.

— De toute manière, dit-elle, je croyais que tu avais accepté d'attendre que nous ayons la permission d'Artémis avant d'attraper un de ses cerfs.

— Je sais, dit-il. Mais j'ai pensé que nous pourrions gagner du temps si je l'attrapais pendant que tu étais partie. Elle a dit oui, n'est-ce pas ? demanda-t-il après avoir fait une petite pause.

— Je n'ai pas pu lui demander, dit Athéna. Elle n'était pas dans sa chambre.

Héraclès tendit la main pour toucher la biche, mais Delta fit un pas en arrière. L'air déçu, il laissa retomber sa main.

— Elle est magnifique, dit-il doucement.

Athéna hocha la tête. Puis, se rappelant qu'elle avait apporté de la nourriture, elle vida ses poches.

— Tiens, dit-elle en tendant deux des pommes à Héraclès.

— Merci, dit-il en croquant la première avec appétit.

Athéna détacha une bouchée d'une troisième pomme et la tendit à la biche.

Après l'avoir reniflée avec précaution, Delta prit délicatement le morceau de pomme qu'Athéna lui tendait.

— Pourquoi ne pourrait-on pas aller la montrer à mon cousin maintenant pendant que nous l'avons? dit Héraclès. Nous pourrions être revenus avant même qu'Artémis s'aperçoive de son absence.

— Je ne suis pas certaine que ce soit une bonne idée, dit Athéna.

Puis elle y réfléchit. Premièrement, elle n'avait aucune idée de l'endroit où se trouvait Artémis. Et ils pourraient mettre bien du temps à la trouver. Deuxièmement, il ferait bientôt nuit. Déjà, on commençait à allumer les torches autour de la cour. Et Héraclès avait encore neuf autres travaux à accomplir.

— Est-ce que ton cousin habite loin? lui demanda-t-elle en flattant le museau de la biche.

— Non, pas trop loin, dit Héraclès en s'égayant. Tu sais où se trouve ce gros centre commercial à mi-chemin de la Terre?

— Le marché des immortels?

Athéna et ses amies allaient souvent y faire des achats.

— Il habite juste un peu plus bas, dit Héraclès en hochant la tête. Alors, qu'en penses-tu?

— D'accord, on va y aller, dit Athéna après un moment de réflexion.

Elle se sentait coupable de ne pas attendre Artémis pour lui demander sa permission, mais s'ils pouvaient réaliser cette tâche tout de suite, ils pourraient alors s'occuper du sanglier dès le lende-main. On va y arriver plus vite en por-tant des sandales ailées, dit-elle. Elles se trouvent dans une corbeille à l'intérieur près de la porte principale.

— Je m'en occupe, dit Héraclès.

Il grimpa les marches à toute vitesse et revint rapidement avec deux paires de sandales. Il en tendit une à Athéna, et ils les enfilèrent.

— Whoa! cria Héraclès.

Il vacilla de surprise comme les courroies s'enroulaient autour de ses chevilles, mais il reprit rapidement son équilibre. Puis, avant même que la biche puisse raire, il retira sa cape de lion et en enveloppa Delta de sorte que seule sa tête dépasse. Il attacha vivement le paquet à son gourdin et glissa ce baluchon sur son épaule comme s'il ne pesait pas plus lourd qu'une boîte de nectar.

La biche avait les yeux agrandis par la peur, mais elle ne se débattait pas. Athéna espérait qu'elle ne serait pas trop perturbée par ce petit voyage. Les ailes d'argent commençaient déjà à s'agiter aux talons des sandales d'Athéna. Elle se mit à voleter à quelques centimètres du sol.

— Puisque tu es un mortel, il faudra que tu me tiennes la main pour que les sandales fonctionnent, lui dit-elle.

— Vraiment ? dit Héraclès en la regardant avec des yeux aussi grands que ceux de Delta.

— Tu… euh… Ça ne te dérange pas ?

Athéna réfléchit à sa question. Est-ce que ça la dérangeait ? Ce n'était pas comme si c'était un truc romantique. Alors, il n'y avait aucune raison que l'un ou l'autre se sente nerveux de tenir la main de l'autre.

— Ne sois pas idiot, dit-elle en tendant une main vers sa main libre.

Il essuya sa paume sur sa tunique avant de la lui tendre.

— Désolé, marmonna-t-il. Main moite.

Athéna ne put s'empêcher de sourire. Il était de toute évidence encore plus nerveux qu'elle de lui prendre la main. Non qu'elle-même ait des raisons de l'être, bien entendu ! Après quelques hésitations, ils finirent par croiser leurs doigts, et ils se mirent en route, glissant le long du flanc de la montagne, leurs sandales touchant à peine le sol. Comme ils filaient en passant rochers et arbres, Héraclès laissa échapper un cri de joie.

— Ça, c'est la vraie manière de voyager ! hurla-t-il plus haut que le vent.

Pendant quelques secondes, de denses nuages les avalèrent, puis ils plongèrent sous la ligne des nuages.

— Par où, à partir d'ici ? demanda Athéna lorsque la haute toiture de cristal du marché des immortels apparut.

— Dirige-toi vers la colline de Mycènes, dit Héraclès en pointant plus bas vers la droite. C'est par là.

Athéna hocha la tête. En approchant, ils virent plusieurs maisons de pierres accrochées à la paroi de la colline. Leurs sandales ailées ralentirent, puis ils touchèrent doucement le sol sur une route étroite qui sinuait autour de la colline. Lui lâchant la main, Héraclès montra une maison au sommet de la colline, qui était plus grande que les autres.

— C'est là qu'habite Demi-portion, mon cousin.

Il déposa le paquet contenant la biche. Delta dodelina de la tête d'un côté et de l'autre pendant un moment comme si elle était étourdie, mais autrement, elle ne semblait pas trop mal en point. Athéna montra à Héraclès comment desserrer les courroies autour de ses chevilles et en entourer les ailes d'argent pour les retenir afin de pouvoir marcher normalement.

Héraclès remit la biche sur son épaule. Delta brama faiblement, mais elle

sembla aimer regarder tout autour pendant qu'Athéna et lui grimpaient le
chemin menant au haut de la colline.
Lorsqu'ils atteignirent la maison
d'Eurysthée, Héraclès frappa vivement à
la porte. L'instant d'après, un serviteur
vint ouvrir.

— Avertissez mon cousin que
je veux le voir! dit Héraclès d'une voix
forte.

Comme le serviteur disparaissait
dans le couloir, Athéna entendit le son
d'un objet lourd que l'on tirait sur le
sol dallé. Héraclès et elle suivirent le son
jusque dans une grande cour intérieure
entourée de colonnes de part et d'autre.
Au centre du plancher de mosaïque de la

cour, il y avait un énorme vase de bronze qui était plus haut qu'Athéna.

Héraclès leva les yeux au ciel, puis il s'approcha du vase et frappa dessus.

— Tu es là-dedans, Eurysthée, petit poltron ?

Un piaulement étouffé se fit entendre de l'intérieur du vase.

— C'est toi, Héraclès ?

— Non, c'est Zeus, dit Héraclès avec une exaspération non dissimulée. Qui d'autre que moi cela pourrait-il être ?

Athéna ne pouvait s'empêcher de rire du fait qu'Eurysthée ait eu si peur d'Héraclès qu'il se soit réellement caché.

— Mon serviteur m'a dit qu'il y avait quelqu'un avec toi, pleurnicha la voix.

— Il s'agit de moi, Athéna, dit-elle en s'approchant du vase.

— L'Athéna qui a inventé l'olive ? dit enfin Eurysthée après quelques moments de silence.

— Exact, dit Athéna. Pourquoi ne sors-tu pas de là pour que je puisse faire ta connaissance ?

— Non merci, dit Eurysthée. Et de toute manière, je n'aime pas les olives.

— Espèce de petit corniaud insolent ! rugit Héraclès dans l'ouverture du vase, le visage rouge de colère.

— Écoute, voyons ! répondit la voix dans le vase. Elles sont gluantes et foncées, et toutes petites comme des insectes.

— Fais preuve d'un peu de respect, l'invectiva Héraclès. Ne sais-tu pas que tu parles à une déesse?

Athéna imagina Eurysthée qui se ratatinait au fond de sa potiche. Elle posa une main sur l'avant-bras d'Héraclès.

— Ça va, dit-elle. Ce n'est pas tout le monde qui aime les olives.

Eurysthée s'était montré grossier, mais elle était prête à passer l'éponge sur son comportement... du moins pour l'instant.

— Je suis venu te dire que j'ai terminé les deuxième et troisième travaux, dit Héraclès brusquement, semblant soudainement se rappeler le but de leur visite. L'hydre n'aura plus jamais l'occasion d'importuner les habitants de Lerne.

— En effet, ajouta Athéna. Elle est prisonnière de sa tanière.

— Et la biche d'Artémis? demanda la voix après avoir émis un grognement de satisfaction à cette première nouvelle.

Héraclès souleva son baluchon de sorte qu'Eurysthée puisse voir la biche blanche aux bois d'or. De surprise, Delta brama.

— Au secours! glapit Eurysthée. Éloigne cette chose de moi!

Héraclès jeta à Athéna un regard qui voulait clairement dire «Tu vois ce que je dois endurer ? » Puis, il replaça le baluchon sur son dos.

— 'revoir, Eurysthée, dit-il. Pas la peine de nous raccompagner, on connaît le chemin.

Une fois hors de la maison, Héraclès et Athéna déroulèrent les ailes d'argent afin que les rubans puissent se nouer autour de leurs chevilles. Se tenant la main de nouveau, ils filèrent dans l'obscurité par le même chemin qui les avait amenés. La petite biche se recroquevilla à l'intérieur du baluchon et s'installa pour le voyage, comme un bébé repu sur le dos de sa mère.

— Héraclès ? Athéna ? entendirent-ils une voix lorsqu'ils eurent traversé la couche de nuages.

Alors que leurs sandales ralentis-
saient pour s'arrêter, Athéna déglutit.
Au milieu du sentier devant eux se
tenaient Artémis et son frère Apollon. Ils
avaient tous les deux à la main leur arc
et leurs flèches et revenaient visiblement
de leur entraînement de tir. Voilà pourquoi Artémis n'était pas dans sa
chambre !

Les trois chiens d'Artémis entourè-
rent immédiatement Héraclès. Ils se rele-
vaient sur leurs pattes de derrière, en
reniflant le baluchon qui pendait sur son
dos.

— Qu'est-ce qu'il y a là-dedans ?
demanda Artémis avec curiosité.

Et avant même qu'Athéna puisse
lui répondre, Delta sortit la tête.

Heureuse de voir Artémis, elle brama de joie.

Le regard d'Artémis, stupéfaite, passait de sa biche à Athéna.

— Je… c'est-à-dire, nous pouvons tout expliquer, dit Athéna à la hâte comme Héraclès défaisait le paquet pour libérer la biche.

Delta courut vers Artémis, qui entoura son cou de ses bras en jetant un regard noir à Artémis et à Héraclès.

— Je l'espère bien !

Rapidement, Athéna lui parla des travaux d'Héraclès et du peu de temps qu'il lui restait pour les terminer.

— Nous avons voulu te demander la permission, mais nous ne savions pas où tu étais, dit-elle en baissant la tête. Je sais que nous avons eu tort, et je suis vraiment désolée.

L'expression d'Artémis s'adoucissait à mesure qu'Athéna parlait.

— Eh bien, j'imagine que ça va. J'accepte tes excuses. Et toi ? dit-elle, le regard plus dur en se tournant vers Héraclès. N'as-tu pas quelque chose à me dire ?

— Euh… je… bégaya Héraclès. Y'a pas eu de mal, j'imagine. N'est-ce pas ? poursuivit-il en donnant des petits coups de son gourdin sur le sol.

Athéna aurait voulu qu'il se rende compte par lui-même que c'était la mauvaise chose à dire. Artémis se raidit, et même Apollon, qui aimait bien Héraclès, fronça les sourcils.

— Peut-être devrais-tu mieux choisir tes amis, dit Artémis en ignorant Héraclès et en fixant Athéna.

— Ho, hé! Un instant, dit Héraclès. Si tu dois te fâcher après quelqu'un, c'est après moi.

— Je suis fâchée après toi, espèce d'idiot! s'exclama Artémis en ouvrant grand les bras.

— Wow! dit Héraclès en cillant. Je pige, maintenant. Désolé d'être si obtus. Tu as tout à fait raison. Tout ça, c'est de ma faute. Si je n'avais pas entraîné Athéna…

— Oh, peu importe, marmonna Artémis en l'interrompant. Pourvu que vous me promettiez que cela n'arrivera plus, poursuivit-elle.

Sa colère semblait se dissiper à mesure que Delta lui caressait la joue avec son museau.

— Promis, dirent Athéna et Héraclès en même temps.

La bonne entente étant revenue, ils firent tous les quatre ensemble le chemin du retour vers l'AMO, Delta trottinant à côté d'Artémis.

7

Partis à la chasse

Le lendemain matin, Athéna se leva dès potron-minet. On était samedi, et elle avait fait promettre à Héraclès qu'il la laisserait l'accompagner pour accomplir son prochain travail consistant à capturer le sanglier d'Érymanthe.

— Mais il faudra que tu portes ton armure, avait-il insisté. Les sangliers sont dangereux.

Elle souriait, maintenant, se rappelant à quel point il avait ri lorsqu'elle lui avait répondu :

— Vraiment ? Je croyais que ces vilaines défenses n'étaient que la dernière tendance mode !

Athéna revêtit rapidement son chiton bleu. Et elle essaya de ne pas réveiller Pandore en fouillant dans son placard pour trouver son égide, un grand collet sur lequel était cousu un bouclier protecteur à l'avant. Elle n'avait jamais eu l'occasion de le porter jusque-là ; c'est pourquoi elle l'avait rangé au fond du placard. En glissant son égide par-dessus sa tête, elle entendit japper un chien au bout du couloir. C'était sans doute l'un des chiens d'Artémis, parce qu'il n'y en avait aucun autre dans le dortoir. Et Artémis avait dû le faire taire, car l'instant d'après, le calme était revenu.

En pensant à son amie, Athéna ressentit une bouffée de gratitude. Bien qu'Artémis eut été fâchée la veille, et avec raison, elle n'avait pas donné prise à sa colère pendant trop longtemps. Héraclès aurait avantage à prendre exemple sur elle, pour apprendre comment ne pas s'emporter à la moindre occasion !

Athéna se leva sur la pointe des pieds pour atteindre son casque sur la tablette du haut. En le tirant vers elle, il roula et tomba. Elle tenta de le rattraper, mais il rebondit sur son armure et tomba à grands fracas sur le sol.

— Hein? Qu'est-ce que c'est? marmonna Pandore d'un air endormi lorsqu'Athéna ramassa son casque et le posa sur sa tête.

— Désolée, chuchota Athéna. Je serai sortie d'ici dans une minute, rendors-toi.

Mais Pandore était désormais bien réveillée. Elle bâilla, puis s'assit sans son lit.

— Pourquoi es-tu habillée comme ça? demanda-t-elle en repoussant une mèche de cheveux bleus qui était retombée sur un œil et qui reprit sa

forme habituelle de point d'interrogation. Tu t'en vas quelque part ? Il est un
peu tôt, n'est-ce pas ? As-tu oublié qu'on
était samedi ?

— Non, je n'ai pas oublié, dit Athéna,
choisissant de ne répondre qu'à la dernière question. Ça me fera plaisir de tout
te raconter plus tard, mais maintenant, je
dois vraiment y aller.

Se mettant à quatre pattes, elle fouilla
sous son lit pour prendre la lance que
Zeus lui avait offerte, un présent de la
part de sa mère et de lui-même. La lance
était si longue qu'elle n'avait pas trouvé
d'autre endroit pour la ranger. Ses doigts
touchèrent la lance et la firent rouler vers
elle. Lorsqu'elle put la dégager de sous le

lit, elle se releva, lance à la main. La pointe de la lance dépassait la pointe de son casque ! C'était une arme redoutable, mais elle espéra ne pas avoir à s'en servir.

En jetant un coup d'œil à Pandore, elle vit que sa colocataire s'était déjà rendormie. « Bien. » Elle ouvrit la porte de leur chambre et se faufila à l'extérieur. Heureusement, il n'y avait personne dans le couloir. Mais comme elle se dépêchait d'atteindre l'escalier, la porte de la salle de bain s'ouvrit, et Aphrodite en sortit. Elle portait une robe de chambre en satin rose et une serviette enroulée autour de la tête.

— Que fais-tu debout aussi tôt ? demandèrent-elles d'une seule voix.

— Il fallait que je me lave les cheveux, répondit d'abord Aphrodite. C'est toujours tellement long de les sécher et les coiffer après. Et toi? poursuivit-elle après avoir regardé Athéna de haut en bas. C'est quoi, cet attirail de combat? Je croyais que nous avions vaincu les Titans il y a bien longtemps.

— Ha ha, dit Athéna. Je m'en vais chasser avec Héraclès.

— Pas le cerf, j'espère, dit Aphrodite en faisant un sourire en coin.

— Tu dois avoir vu Artémis hier soir, dit Athéna en repoussant son casque qui commençait à glisser sur ses yeux. T'a-t-elle parlé des 12 travaux?

— Ben... Naturellement. Mais j'aurais aimé que ce soit toi qui m'en parles, dit-elle sciemment, sauf que tu n'es pas venue me voir.

— Oups ! Désolée, dit Athéna. Mais lorsque je suis rentrée, j'étais si épuisée que je suis allée me coucher directement.

— Fais juste attention, dit Aphrodite en relevant un sourcil, de ne pas passer tant de temps avec Héraclès que tu en oublies tes amies.

Athéna se rappela vaguement qu'Aphrodite avait fait le même conseil à Artémis lorsque celle-ci voyait beaucoup Orion.

— Oui, je vais faire attention, répondit-elle.

Elle fit une rapide étreinte à Aphrodite, ce qui était plutôt difficile, vêtue d'une armure et d'un casque.

— À plus, dit-elle.

Héraclès l'attendait devant les portes de bronze à l'entrée de l'AMO.

— Belle armure, dit-il en hochant la tête d'un air approbateur.

Pour sa part, il tenait sa massue à la main, bien entendu, et il portait sa cape en peau de lion. À côté de lui, elle ne se sentait plus du tout trop vêtue pour l'occasion.

— Nous avons beaucoup de route à faire aujourd'hui. J'ai pensé que nous pourrions utiliser les sandales ailées encore une fois ? dit-il en lui en tendant une paire.

— Bon plan, dit-elle en remarquant qu'il avait déjà chaussé les siennes.

Elle enfila les siennes à l'extérieur, au pied des marches de granite. Il était moins mal à l'aise de prendre sa main cette fois, et leurs doigts s'entrelacèrent comme s'ils s'étaient tenus par la main toute leur vie.

— On s'en va vers le sud, dit Héraclès alors que les ailes de leurs sandales commencèrent à s'agiter.

— Comment sais-tu où habite le sanglier ? demanda Athéna lorsqu'ils prenaient de la vitesse en traversant la cour.

— Puisqu'il s'agit du sanglier d'Érymanthe, dit Héraclès en lui souriant, j'imagine qu'il doit habiter sur le mont Érymanthe.

« Bah. J'aurais dû y penser moi-même », se dit Athéna.

— Tu sais, tu es bien plus brillant que tu ne te l'accordes, dit-elle en le regardant.

— C'est peut-être que tu déteins sur moi, répondit-il.

Ils voyagèrent ainsi pendant presque deux heures.

— Regarde ! cria Athéna lorsqu'ils furent presque rendus au sommet du mont Érymanthe, des centaures !

Se cachant derrière un gros rocher, Héraclès et elle voletèrent sur place pendant quelques minutes à observer plusieurs créatures, mi-homme, mi-cheval qui préparaient leur repas sur un feu devant l'entrée d'une grotte.

— Je me demande s'il faut les appeler un groupe ou une harde ? réfléchit tout haut Athéna.

— Et pourquoi pas quelque chose entre les deux, suggéra Héraclès. Comme une « grarde », peut-être ?

— Ou un « houpe », dit Athéna en riant.

À mesure qu'ils avançaient vers le sommet, il faisait de plus en plus froid. La neige couvrait le sol sous leurs pieds et était accrochée aux branches des arbres. Ils se mirent à voler un peu plus bas pour observer le sol.

— Des traces de sanglier ! dit enfin Héraclès, en se penchant pour examiner les empreintes dans la neige.

— Tu en es sûr ? demanda Athéna en étudiant les traces de sabots par-dessus son épaule.

— Oui, dit Héraclès. On le sait au bout arrondi des sabots. Et nous avons affaire ici à une grosse bête. Tu vois combien les doigts sont écartés ?

Ils suivirent les traces du sanglier qui sinuaient en gravissant la montagne. Ils finirent par tomber sur une énorme créature noire avec un long groin et des défenses aussi pointues que la pointe de la lance d'Athéna.

— C'est lui ? demanda Athéna en donnant un coup de coude à Héraclès.

Il hocha la tête. Le monstrueux sanglier respirait bruyamment et semblait être endormi, couché sur le dos sous un buisson, les quatre pattes dressées.

Après avoir défait leurs sandales, Athéna et Héraclès s'en approchèrent en rampant. Soudain, le sanglier renifla et ouvrit les yeux d'un coup. Athéna se figea sur place, mais Héraclès leva son gourdin au-dessus de sa tête.

— Ne songe même pas à nous attaquer ! l'avertit-il.

Le sanglier regarda le gourdin d'Héraclès avec surprise.

— Eh bien, je ne vois pas pourquoi je vous attaquerais. Comme tu peux le voir, répondit le sanglier en agitant ses sabots, je ne suis pas en posture de fomenter une attaque, même si c'était quelque chose que je serais enclin à faire. Ce qui n'est pas le cas.

Il fit une pause.

— Pourrais-je vous demander de me laisser m'asseoir ? reprit-il. Je me sens plutôt ridicule à vous parler comme ça, les quatre fers en l'air.

— D'accord, grogna Héraclès en tenant son gourdin prêt à frapper. Mais un seul mouvement brusque, et je…

— Est-il toujours si coincé ? l'interrompit le sanglier, en faisant un clin d'œil à Athéna et en commençant à se tourner sur le côté.

— Je… je ne sais pas, dit-elle avec hésitation.

Héraclès semblait croire que le sanglier était dangereux, mais elle-même n'en était pas convaincue.

Le sanglier se hissa en position assise.

— Vous pourriez vous asseoir, vous aussi, suggéra-t-il en tapotant le sol devant lui d'une patte bien robuste.

— Merci, mais non merci. Je préfère rester debout, répondit Héraclès en serrant davantage son gourdin et en fronçant les sourcils de suspicion.

— Moi, je vais m'asseoir, dit Athéna rapidement.

Il lui semblait impoli de ne pas le faire. Enlevant la neige d'une grosse pierre, elle s'y installa.

— C'est si agréable d'avoir de la compagnie, soupira le sanglier d'un air béat. On finit par s'ennuyer à vivre seul sur le sommet d'une montagne. Les centaures ne s'aventurent jamais si loin, et lorsque ça leur arrive, ils ne restent jamais bien longtemps. Je ne comprends pas, parce que tout simplement, j'adore recevoir des invités. J'ai tout un bagage d'histoires amusantes que j'aime bien raconter. Par exemple, cette histoire de la fois où je marchais dans la forêt et où je suis tombé sur une fourmilière, et je me suis assis pour l'observer. Peu de temps après, j'ai vu une fourmi sortir du trou, pouvez-vous imaginer? Puis une autre fourmi est sortie et a suivi la première sur le flanc de la fourmilière, et un instant plus tard, pouvez-vous deviner? Une troisième fourmi est sortie de la butte, et après ça…

Comme le sanglier continuait son histoire, Athéna jeta un coup d'œil du côté d'Héraclès. Son gourdin avait glissé sur le sol, et il semblait l'y avoir suivi et s'en être servi comme d'un oreiller pour s'endormir. Au moment où le sanglier en fut rendu à raconter comment la

vingtième fourmi était sortie de la fourmilière, Athéna devait se servir de ses
doigts pour garder les paupières
ouvertes. Quel sanglier assommant !
Peut-être était-il dangereux, après tout. Il
devait probablement ennuyer ses vic-
times à mort !

Espérant mettre un terme à cette pas-
sionnante histoire de fourmis, elle se
pencha en avant et gratta prudemment
le sanglier derrière une oreille comme
elle le faisait aux chiens d'Artémis. Cela
fonctionna. Comme il reniflait de joie,
elle secoua Héraclès du bout du pied
pour le réveiller.

De surprise, il attrapa son gourdin et
sauta sur ses pieds. Voyant Athéna si

près du sanglier, l'inquiétude se peignit sur son visage.

— Laisse-la tranquille! cria-t-il.

— Calme-toi, dit Athéna en souriant à Héraclès. J'allais justement inviter notre nouvel ami à nous accompagner pour rendre visite à ton cousin.

— Qui, moi? demanda le sanglier avec une surprise non dissimulée.

— Hum… ouais, bonne idée! dit Héraclès en se détendant en peu en commençant à comprendre où elle voulait en venir. Mon cousin Eurysthée adore les histoires.

— C'est vrai? dit le sanglier en souriant de toutes ses défenses.

— Tout à fait, dit Héraclès. Une fois qu'il aura entendu ton histoire de fourmilière, il va vouloir que tu restes pour lui raconter toutes les autres.

— Comme c'est merveilleux ! dit le sanglier en tremblant de joie. Tu ne le croiras sans doute pas, mais on m'invite rarement.

— Eh bien ! dit Athéna en se retenant de sourire, à coup sûr, tu devrais prévoir rester chez le cousin d'Héraclès pendant un certain temps. Imagine toutes les nouvelles histoires que tu vas avoir à raconter une fois que tu rentreras à la maison !

— Je parie, dit le sanglier, extatique, que ton cousin et moi, on pourrait faire beaucoup de choses ensemble. Comme de passer un après-midi à attendre que sèche la peinture sur un mur. Ou à regarder bouillir de l'eau. Ou…

Il se releva brusquement sur ses quatre pattes :

— Quand vous voudrez, dit-il. Je suis prêt !

Le voyage jusqu'à la maison d'Eurysthée aurait pris au moins le double du temps, si Athéna n'avait pas imaginé enfiler les sandales ailées au sanglier. Héraclès et elle voyagèrent sur son dos tandis que les sandales les transportaient tous les trois le long du flanc de la montagne, puis à travers prés, forêts et villages, jusqu'à ce qu'ils atteignent leur destination.

Encore une fois, Eurysthée s'était caché dans son urne de bronze lorsque ses trois visiteurs furent introduits dans la cour intérieure. Héraclès se dirigea vers le vase et commença à le frotter.

— Hé ! S'il y a un génie là-dedans, qu'il sorte et m'accorde un vœu ! plaisanta-t-il.

— Ha ! en sortit une réponse étouffée. Très drôle.

— Je t'ai emmené un visiteur, dit Héraclès.

— La déesse aux olives ? demanda Eurysthée, qui ne semblait pas impressionné.

— Oui, mais quelqu'un d'autre, aussi.

— Désolé de te faire ça, dit-il ensuite en se tournant vers le sanglier.

Puis il souleva sans peine au-dessus de sa tête le sanglier, qui devait bien peser près de deux tonnes.

«Pardieu! pensa Athéna, ce garçon est vraiment très fort.»

Eurysthée se mit à crier lorsqu'Héraclès tint le sanglier au-dessus de l'ouverture du vase.

— Si c'est comme ça que tu accueilles tes invités, se vexa le sanglier, je ne suis pas certain d'avoir bien fait de venir.

Eurysthée ne répondit rien. Athéna se demanda s'il s'était évanoui de peur. Mais lorsqu'elle entendit un mouvement à l'intérieur de l'urne, elle sut qu'il allait bien.

Héraclès reposa le sanglier sur le sol dallé.

— Ne fais pas attention à mon cousin, dit-il. Il n'est peut-être pas le meilleur des hôtes, mais si tu restes ici à côté du vase, je suis certain que tu vas trouver qu'il fait un auditeur épatant.

— Un auditoire captif, en fait, dit Athéna en hochant la tête en signe d'assentiment.

— Assure-toi de lui raconter ton histoire de fourmis, dit Héraclès pendant qu'Athéna et lui chaussaient leurs sandales après les avoir retirées au sanglier.

Ils joignirent leurs mains et s'élevè-
rent dans les airs.

— J'espère que tu vas aimer ta prochaine tâche, champion ! entendirent-ils
leur lancer Eurysthée juste avant d'être
hors de portée de voix.

Puis il se mit à rire si fort que le vase
vacilla et faillit tomber.

8

Par-dessus la tête

— Quelle est la prochaine tâche? demanda Athéna à Héraclès alors que les sandales ailées les faisaient redescendre la colline où se trouvait la maison d'Eurysthée.

Si Héraclès pouvait réussir à faire une autre tâche ce jour-là, il n'en resterait plus que sept à faire en six jours, ce qui améliorerait ses chances de les terminer toutes pour le vendredi suivant.

Héraclès n'eut pas à consulter sa liste, cette fois.

— Je dois, commença-t-il en plissant le visage de dégoût, nettoyer les écuries du roi Augias.

— Ça ne devrait pas être trop difficile ? dit Athéna d'un air enjoué.

Elle était simplement heureuse qu'il ne s'agisse pas de poursuivre et de capturer un autre animal. Elle leva les yeux au ciel et vit que le soleil était directement au-dessus d'eux.

— Il n'est que midi, nous pourrions le faire avant de revenir à l'AMO, ajouta-t-elle.

— Tu crois ? demanda Héraclès

— Ça va être du gâteau, dit Athéna. Et à propos, je commence à avoir faim. Et toi ?

— Je meurs de faim.

Ils s'arrêtèrent en chemin dans un verger et avalèrent tout leur saoul de poires et de figues avant de continuer.

— Alors, est-ce que le roi Augias a beaucoup de bétail ? demanda Athéna lorsqu'ils approchèrent d'Élis, la région gouvernée par le roi.

— Plusieurs milliers de têtes, je crois.

— Woah, dit Athéna. Ça fait beaucoup !

Nettoyer les écuries de tant d'animaux allait prendre bien plus de temps qu'elle l'avait d'abord imaginé.

Lorsqu'ils arrivèrent à Élis, une puanteur incroyable remplit leurs narines.

— POUAAAH! Qu'est-ce que c'est que cette odeur abominable? dit-elle.

Héraclès ne répondit pas. Il regardait fixement des montagnes brunes qui se tenaient dans la vallée entre deux rivières.

— Quelles montagnes bizarres! remarqua Athéna.

— Hum, je ne crois pas qu'il s'agisse de montagnes, dit Héraclès en lui jetant un regard inquiet. Je crois que ce sont des tas de fumier. Comme dans «bouse de vache». Du crottin, quoi!

— Par tous les dieux! s'exclama Athéna. Eh bien, ça explique l'odeur.

La puanteur devint pire encore lorsqu'ils se posèrent près des écuries. Regardant le désastre tout autour d'eux, Héraclès plissa le nez.

— J'imagine que personne ne les a nettoyées depuis au moins 30 ans!

— Heureusement que nous avons déjà mangé, dit Athéna en se bouchant le nez. Car ça coupe plutôt l'appétit, n'est-ce pas? Je suis surprise que l'odeur ne se rende pas jusqu'au mont Olympe!

— On ferait aussi bien de s'y mettre, dit Héraclès.

Il trouva des pelles. Athéna s'y attela courageusement, mais après quelques heures, ils n'avaient réussi à nettoyer qu'une seule stalle. Et même si Héraclès avait fait la part du lion, Athéna était épuisée.

— Il doit bien y avoir un moyen plus facile, dit-elle en s'appuyant sur sa pelle.

Mais s'il y en avait un, elle n'arrivait certainement pas à l'imaginer. Exaspérée, elle s'exclama :

— Il nous faudrait une inondation pour nettoyer tout ça !

— Quelle idée géniale ! dit Héraclès en laissant tomber sa pelle.

— Hein ? dit Athéna en le regardant avec perplexité alors qu'il quittait les écuries pour se précipiter vers la rivière située du côté droit de la vallée.

Lorsqu'il atteignit la berge, il commença à déraciner des arbres à mains nues. Athéna le regardait faire, bouche bée. Grâce à sa grande force, il faisait ça aussi facilement que cueillir des marguerites dans un champ. Jetant les arbres les uns sur les autres dans la rivière, il construisit un barrage. L'eau de la rivière se mit rapidement à monter derrière le barrage et commença à se déverser dans la vallée. Puis, aussi rapidement qu'il avait construit le premier, Héraclès érigea un second barrage sur l'autre rivière. Comprenant ce qu'il était en train de faire, Athéna alla trouver refuge sur un terrain surélevé. Les eaux des deux rivières eurent tôt fait d'inonder les écuries et d'emporter les montagnes de crottin.

Athéna et Héraclès se firent un « tope-là » de soulagement. Avant de partir, ils envoyèrent deux colombes porter des messages; le premier au château du roi Augias et le second à Eurysthée, pour lui confirmer la réalisation du cinquième travail d'Héraclès. Athéna espérait que le roi serait content. Car il lui semblait impossible qu'il puisse aimer vivre parmi des montagnes de crottin!

L'après-midi tirait à sa fin lorsqu'ils se mirent en route pour revenir au mont Olympe. En arrivant au petit village d'Hypaepa, Athéna s'arrêta soudainement en dérapant.

— Cette fameuse tisserande vit ici, dit-elle. Une mortelle du nom d'Arachné, ajouta-t-elle lorsqu'elle vit le regard vide d'Héraclès.

Il devait être en train de parler avec Apollon et les autres jeunes dieux la veille et n'avait pas entendu la conversation avec Pheme au marché surnaturel, crut-elle.

— Je vais aller la rencontrer, mais je ne resterai pas longtemps. Si tu veux continuer à marcher, je te rattrape dans quelques minutes.

Puisqu'il ne pouvait pas se servir des sandales sans lui tenir la main, il ne prendrait pas trop d'avance sur elle.

— D'ac, dit Héraclès. On se voit plus tard.

En faisant balancer son gourdin et en sifflant faux, il poursuivit son chemin sur la route qui traversait le village.

Ne voulant pas trop attirer l'attention, Athéna se transforma en vieille femme avant de demander où vivait Arachné. On lui indiqua une petite maison de bois aux limites du village. Lorsqu'elle eut frappé à la porte, une fille au corps bien rond, aux cheveux bruns en bataille et aux doigts fins et longs vint ouvrir.

— Oui ? dit-elle sèchement.

Athéna jeta un œil à la pièce derrière elle. Elle aperçut un grand métier à tisser au centre de la pièce. Le long des murs, il

y avait des étagères bien rangées rem-
plies de fils de toutes les couleurs.

— Es-tu Arachné ? lui demanda-
t-elle.

— C'est exact, dit la fille d'un air
hautain. Je ne suis pas étonnée que vous
ayez entendu parler de moi. Presque tout
le monde me connaît.

« Pardieu ! pensa Athéna. Cette
Arachné était bien imbue d'elle-même.
Mais peut-être avait-elle raison de l'être. »

— Je connais un peu le tissage moi-
même, dit Athéna avec modestie. Je me
demandais si tu pouvais me montrer ton
travail.

Arachné fit un grand soupir, mais
elle ouvrit la porte plus grande.

Lorsqu'Athéna passa devant elle, la fille s'éventa de la main.

— Pouah! Vous sentez le pâturage à vaches, la vieille! Et vous êtes crottée. Faites attention de ne toucher à rien.

Elle avait raison, bien sûr. L'odeur de la bouse de vache était accrochée à Athéna comme des raisins à une vigne. Néanmoins, la grossièreté d'Arachné l'irritait. Elle s'apprêtait à lui répondre vertement lorsqu'elle aperçut l'ouvrage de la fille.

— Oh! Quel travail admirable, en effet! s'exclama-t-elle.

Elle admirait une scène à moitié terminée représentant un groupe de femmes qui remplissaient des urnes au puits. Les couleurs semblaient des joyaux lumineux, et le tissage était fin et régulier.

— Tu dois certainement avoir appris auprès d'Athéna elle-même, dit-elle avec malice.

— Pas du tout, railla Arachné en rejetant la tête par en arrière. Elle est peut-être douée, mais si jamais elle avait le cran de laisser quelqu'un comparer notre travail dans le cadre d'un concours, je suis certaine que je la battrais.

— Fais preuve d'un peu plus de respect, la fustigea Athéna. Personne ne doit déshonorer une déesse !

— Hum, fit Arachné en agitant ses longs doigts. Et qui es-tu pour me donner cet avis ?

— Vois par toi-même qui je suis ! s'exclama Athéna en se débarrassant de son déguisement et en reprenant sa forme de déesse.

Arachné sursauta de surprise. Le rose lui monta aux joues, mais elle releva tout de même le menton et croisa les bras.

— C'est bien d'une déesse de piéger une pauvre mortelle ! Pourtant, je maintiens mon défi.

— D'accord, dit Athéna. Mais si je gagne, je veux que tu dises au monde entier qui de nous deux est la meilleure tisserande.

— Même chose si je gagne, dit Arachné.

— Marché conclu, dit Athéna.

Elles convinrent de se rencontrer le jeudi matin, cinq jours plus tard. Athéna n'avait que deux cours en après-midi cette journée-là. Elle se dit qu'elle aurait le temps de se rendre à Hypaepa et d'en revenir avant que les cours commencent. Les deux filles se mirent d'accord pour que les femmes du village jugent laquelle était la meilleure, puis Athéna la quitta.

Une fois sur la route, elle se transforma en chouette et se mit à voler jusqu'à ce qu'elle aperçoive Héraclès. Le rattrapant, elle décrivit un arc avant de se poser et reprit sa forme de déesse. Ils décidèrent de faire le reste du trajet à pied jusqu'à l'AMO, laissant leurs sandales attachées lâchement. C'était une belle soirée, et il était plus facile de parler en marchant qu'en volant.

— Comment a-t-elle osé te parler comme ça ! rugit Héraclès lorsqu'Athéna lui raconta ce qui s'était passé chez Arachné.

C'était gentil de sa part de prendre son parti, pensa-t-elle. Mais lorsqu'il continua à fulminer et à balancer son gourdin de toutes parts, elle commença à se sentir mal à l'aise et contrariée.

— Retournons là-bas ! cria-t-il enfin. Je vais aller lui mettre du plomb dans la tête !

— Arrête ça ! dit-elle. Bien sûr, cette fille a été grossière, mais là tu fais une tempête dans un verre d'eau.

Héraclès la regarda avec surprise.

— Comment peux-tu dire ça ? Tu es une déesse ! Tu ne peux pas la laisser s'en tirer comme ça d'avoir été si irrespectueuse. Il faut que tu te venges ! Sinon, son comportement ne va qu'empirer !

« Il y a une part de vérité dans ce qu'il dit », pensa Athéna. Peut-être que si elle s'était affirmée davantage, Arachné n'aurait pas poussé l'effronterie jusqu'à la mettre au défi d'un concours de tissage. Mais si elle faisait marche arrière maintenant, Arachné pourrait penser qu'elle avait peur de perdre le concours. Ce qui n'était pas le cas. Eh bien, en fait, si, peut-être un peu. Après tout, elle manquait de pratique, et Arachné était si habile qu'elle devait certainement passer tout son temps à tisser.

Elle se demanda ce que recommanderait madame Némésis dans un cas comme celui-là. Certainement pas le genre de violence qu'Héraclès préconisait. Son rouleau de textes de vengeance-ologie l'aiderait peut-être à voir clair. Elle le consulterait un peu plus tard.

— Tu sais que j'ai raison, n'est-ce pas ? demanda Héraclès, brisant le fil de ses pensées.

Athéna fronça les sourcils. Son assurance goguenarde l'irritait presque autant que sa propension à recourir à la violence.

— J'ai peine à croire que frapper quelqu'un sur la tête soit une réaction appropriée à l'impolitesse, dit-elle. Et je suis certaine que madame Némésis serait d'accord avec moi. Pour être équitable, la vengeance doit correspondre à l'offense.

— Mais c'est une mortelle, insista Héraclès. Manquer de respect à un dieu ou à une déesse est une offense qui mérite punition. Demande à n'importe qui.

« Exact », pensa Athéna.

Mais Héraclès était un mortel lui aussi. Alors, ne devrait-il pas sentir un peu plus de compassion pour la fille ?

Pourquoi avait-il des vues si assurées sur tout?

— Je préfère garder la tête froide et prendre mon temps pour juger, dit-elle d'un ton acerbe.

— Hum, le problème, avec toi, dit Héraclès en grommelant, c'est que tu es trop gentille.

— Et qui manque de respect à une déesse, maintenant? dit Athéna. Tu es aussi mortel qu'Arachné, tu sais.

Héraclès fit un geste vers l'arrière, comme si elle lui avait porté un coup. Elle n'aurait pas été surprise qu'à cause de sa force surhumaine il en oublie parfois sa propre mortalité.

— Tu peux me punir si je t'ai offensé, proposa-t-il après un moment. Je suis certain que je le mérite.

— Oh, arrête de faire l'andouille, dit-elle avec lassitude. Je ne vais punir ni toi ni personne d'autre. Pas aujourd'hui, en tous les cas.

Tout ce qu'elle voulait à l'instant présent, c'était rentrer à l'AMO pour prendre une douche chaude afin de se débarrasser de cette odeur de bouse de vache.

Ils continuèrent à marcher en silence pendant un moment. Mais lorsqu'ils approchèrent de l'Académie, Héraclès dit :

— Tu as raison. Je suis une andouille. Je ne le fais pas exprès, mais j'en suis une.

— Ça va, dit Athéna en se radoucissant. Tu n'es pas une andouille tout le temps.

— Je vais prendre ça comme un compliment, dit Héraclès en souriant. Alors, poursuivit-il après un instant, comme on s'est bien amusés aujourd'hui, je me demandais si tu aurais envie de venir avec moi demain aussi.

Athéna hésita. Il fallait vraiment qu'elle étudie, le lendemain. Et, en outre, elle devait se préparer pour la compétition contre Arachné.

— Quel est le prochain travail sur ta liste ? lui demanda-t-elle.

— Pas trop compliqué, dit Héraclès en haussant les épaules. Il faut seulement que je fasse peur à quelques oiseaux.

Cela ne semblait pas trop difficile, en effet. Eurysthée avait-il décidé de ménager quelque peu Héraclès?

— Je peux te donner ma réponse demain matin? lui demanda-t-elle.

— Bien sûr.

Il semblait un peu déçu qu'elle ne saute pas sur l'occasion, mais il se contenta de lui dire :

— Je vais partir tôt. Alors, si tu décides de venir, viens me rencontrer dans la cour à l'aube.

— D'accord, oiseau du matin, plaisanta-t-elle.

Et il se mit à rire. Puis elle se dirigea vers les dortoirs… et la douche.

9

Combat contre les oiseaux

Lorsqu'Athéna se réveilla, le lende-main matin, le soleil était déjà levé. Elle avait de toute évidence manqué le rendez-vous avec Héraclès. Il était au moins 9 h. Heureusement que c'était dimanche, car elle aurait été en retard pour l'école aussi ! Elle jeta un coup d'œil au lit vide de l'autre côté de la chambre.

Pandore était probablement déjà descendue prendre son petit déjeuner. Athéna dormait très rarement si tard. L'aventure de la veille avec Héraclès l'avait vraiment exténuée, de bien des manières !

Comme elle passait un chiton de couleur mandarine par-dessus sa tête, elle espéra ne pas avoir été trop irritable avec lui sur le chemin du retour vers l'AMO. Mais franchement ! Pensait-il vraiment qu'elle allait accepter qu'il « mette du plomb dans la tête » d'Arachné ? La fille était une mortelle, pas une créature comme l'hydre qu'ils avaient piégée ! Elle espérait qu'Héraclès s'en tirerait bien sans elle ce jour-là, mais elle n'était pas trop inquiète pour lui. À quel point faire peur à quelques oiseaux pouvait-il être difficile ?

Une fois assise à son bureau, elle prit son rouleau de textes d'héros-ologie pour se mettre à son devoir. Son héros, Ulysse, était sur le chemin du retour après la guerre de Troie, et les choses commençaient à devenir intéressantes. Soudain, elle entendit un grattement à la fenêtre, qui s'ouvrit à la volée. Une brise scintillante s'engouffra à l'intérieur, transportant une feuille de papyrus roulée.

— Es-tu Athé ? hurla la brise. La fille préférée du directeur Zeus dans tout l'univers ?

Athéna soupira.

— Dépose-le ici, dit-elle en tendant les mains pour recevoir le message.

Il n'y avait certainement pas de mystère quant à l'envoyeur! Une seule personne l'appelait Athé.

Ayant effectué sa livraison, la brise s'éclipsa par la fenêtre restée ouverte. Athéna déroula le papyrus et commença à lire.

TRÈS CHÈRE ATHÉ,

J'ESPÈRE QUE TOUT VA BIEN POUR TON «PROJET» (CLIN D'ŒIL). VIENS ME VOIR À MON BUREAU AU PLUS TÔT POUR ME RENDRE COMPTE DE L'AVANCEMENT DE CELUI-CI. COMME TU LE SAIS, JE COMPTE SUR TOI — D'UNE

DOUZAINE (TU PIGES? CLIN D'ŒIL) DE
MANIÈRES — POUR RÉUSSIR.

À TOI, AVEC TONNERRE,
ZEUS (TON CHER VIEUX PAPA)

Sous sa signature, au lieu du bras musclé
qu'il dessinait généralement (et qui ressemblait davantage à une chenille qu'à
un bras, puisqu'il était un piètre artiste),
il avait griffonné une rangée de X et de
O. Il savait y mettre toute la gomme! Et
elle ne pouvait certainement pas l'ac-
cuser d'un excès de subtilité. Une *douzaine* de manières? Pouvait-il y avoir
référence plus évidente aux 12 travaux
d'Héraclès? Son père avait-il oublié qu'il
ne lui en avait jamais parlé? Les parents

étaient si difficiles à comprendre, parfois.

En soupirant, Athéna déposa son message sur le dessus de son bureau et farfouilla dans un tiroir pour trouver une barre d'énergie Déjeuner des dieux. Elle était affamée. Elle n'avait rien mangé depuis l'orgie de fruits de l'après-midi précédent, juste avant de nettoyer les dégoûtantes écuries d'Augias.

Elle avala rapidement la barre en trois bouchées après en avoir retiré l'emballage. Puis elle jeta un coup d'œil à la demi-douzaine de rouleaux de textes sur son bureau. Elle n'en avait déroulé aucun depuis l'arrivée d'Héraclès deux jours plus tôt, et il lui semblait que ceux-ci la regardaient d'un air désapprobateur. Elle avait des devoirs à faire pour deux cours, en plus d'étudier pour un examen deux jours plus tard. Zeus ne s'attendait certainement pas à ce qu'elle néglige ses études pour aider Héraclès ! Peut-être n'avait-il simplement aucune idée du temps qu'il fallait consacrer aux études pour conserver une moyenne de A. Au lieu de se précipiter pour le voir sur-le-champ — car « au plus tôt » ne signifiait pas nécessairement « tout de suite », n'est-ce pas ? —, elle prit ses rouleaux de textes et se mit en chemin pour la bibliothèque.

Après avoir terminé son devoir d'héros-ologie, elle prit son rouleau de vengeance-ologie. Elle le déroula et commença à lire le chapitre 3, intitulé «La nature de la justice». Puis, se rappelant sa rencontre avec Arachné, elle consulta la table des matières et passa au chapitre 6, «Comment traiter l'irrespect». Elle parcourut le chapitre en diagonale jusqu'à ce qu'une phrase en particulier attire son attention : «Lorsqu'une mortelle insulte un dieu ou une déesse, il faut obtenir réparation.»

Athéna fronça les sourcils, un sillon se creusant sur son front. «Il faut obtenir réparation.» Mais Arachné l'avait-elle insultée? Elle n'en était pas sûre. Pourtant, la fille s'était certainement montrée grossière et acariâtre et arrogante. En feuilletant le chapitre jusqu'à la fin, elle trouva un tableau intitulé « Répondre aux insultes des mortels : réparations acceptables ». Suivait une liste de choses en lesquelles on pouvait transformer les mortels. Cela comprenait des champignons, de petits animaux, des insectes, des arbres, des fleurs et des signes astrologiques. Athéna examina la liste pensivement.

À midi, elle ramassa ses rouleaux de textes et prit le couloir menant à la cafétéria. Aphrodite, Artémis et Perséphone étaient déjà en train de manger. Habituellement, Perséphone n'était pas là les fins de semaine, puisqu'elle vivait à la maison avec sa mère et non dans le dortoir avec le reste des apprenties déesses. Mais elle venait parfois à l'AMO lorsque sa mère était occupée dans sa boutique de fleuriste au marché des immortels.

Athéna sourit à la préposée aux huit bras qui lui tendait un bol de nectaronis au fromage et la remercia, puis elle alla rejoindre ses amies. Il lui aurait fallu porter un bandeau sur les yeux pour ne pas remarquer les regards de curiosité que celles-ci lui jetèrent lorsqu'elle s'installa à sa place. Même les chiens d'Artémis levèrent les yeux vers elle, mais ils lorgnaient sans doute simplement son plat de nectaronis. Sa fourchette à mi-chemin entre l'assiette et sa bouche, elle regarda les trois autres déesses.

— Quoi?

— Nous sommes au courant de tout pour les travaux d'Héraclès, dit Aphrodite. Mais tu ne nous as jamais dit pourquoi tu l'aidais à les faire.

Athéna déposa sa fourchette et ouvrit la bouche pour leur répondre, mais Artémis parla la première :

— Il lui a probablement demandé de l'aider, dit-elle. Et elle a été trop gentille pour dire non!

Ses chiens la regardèrent avec nervosité, «non» étant un mot qu'ils n'aimaient pas beaucoup entendre.

— Il profite d'elle parce qu'il sait à quel point elle est brillante, poursuivit-elle, et il a besoin de son aide.

— Foutaises, dit Perséphone. Hadès croit qu'Héraclès t'aime bien, poursuivit-elle en regardant Athéna. Car autrement, il aurait demandé à certains des jeunes dieux de l'aider. Et moi, je pense que tu l'aides parce qu'il te plaît, n'est-ce pas ? reprit-elle après un instant de silence.

Encore une fois, Athéna essaya de placer un mot, mais elle fut interrompue.

— Bien sûr qu'Héraclès l'aime bien, dit Aphrodite. Elle est parfaite pour lui, et…

— Assez, dit Athéna en levant les mains devant elle. Oui, il me plaît, poursuivit-elle en regardant chacune des déesses tour à tour. Et je crois que je lui plais aussi. Mais cela ne signifie pas que nous allons nous marier, pour l'amour des dieux. Alors, changez de sujet!

Après cette déclaration, elle parcourut la pièce du regard avec un certain malaise pour s'assurer que Pheme n'était pas dans les parages. Heureusement, celle-ci se trouvait de l'autre côté de la pièce, avec Pandore et Méduse.

— Crois-moi, je te comprends tout à fait, dit Artémis en hochant la tête. Considère donc le sujet changé.

— Bien.

Athéna se calma et retourna à ses nectaronis. Après tout, la curiosité de ses amies était compréhensible. Elles ne savaient pas que Zeus lui avait demandé de conseiller Héraclès. Bien entendu, il n'était pas tout à fait vrai que Zeus lui avait demandé d'aider Héraclès à accomplir ses travaux. Bien que, la lettre qu'elle avait reçue plus tôt le laissait certainement penser. Cependant, la principale raison pour laquelle Zeus lui avait demandé de servir de guide à Héraclès était pour qu'elle empêche le garçon de perdre son sang-froid ou de s'attirer des ennuis. Mais elle n'en parlerait jamais à quiconque. Ce ne serait pas juste pour Héraclès!

— Eh bien, moi je continue de croire qu'Hadès a raison. Héraclès doit vraiment t'aimer, insista Perséphone. Sinon, il ne t'aurait pas demandé de l'aider. Après tout, tous les jeunes dieux de l'AMO auraient sauté sur l'occasion de participer à l'action.

Athéna aurait espéré pouvoir leur dire qu'aider Héraclès était davantage son idée à elle (et celle de Zeus) que celle d'Héraclès lui-même. À tout le moins au départ.

Aphrodite hocha la tête en estompant le brillant à lèvres rose qu'elle venait d'appliquer après avoir fini son nectar.

— Les jeunes dieux adorent se faire valoir dans des défis, particulièrement des défis physiques, dit Athéna. Mais est-ce qu'un garçon demanderait à une fille qui «lui plaît» de l'aider à nettoyer des montagnes de crottin? poursuivit-elle. Car c'est ça qu'Héraclès et moi avons fait hier.

— Eurk! dit Perséphone en plissant le nez de dégoût, comme les deux autres. Tu es sérieuse?

Athéna hocha la tête, bien qu'en vérité, Héraclès ait été réticent à lui demander son aide pour cette tâche. C'est elle qui lui avait offert son aide.

Malgré les protestations d'Aphrodite voulant qu'il ne s'agisse pas d'un sujet approprié pendant un repas, Athéna raconta aux autres déesses à quel point les écuries du roi Augias étaient sales et comment Héraclès avait fini par les nettoyer. Elle leur parla aussi de l'hydre aux multiples têtes, du sanglier assommoir et du poltron qu'Héraclès avait pour cousin. La seule partie de leurs aventures des deux dernières journées dont elle omit de leur parler fut son arrêt à Hypaepa pour rendre visite à Arachné. Elle était encore mal à l'aise au sujet de cette histoire. Qu'est-ce que ses amies penseraient d'elle si elles apprenaient qu'elle avait accepté de participer à ce stupide défi ?

En compétition contre une mortelle ? C'était réellement indigne d'elle de faire une telle chose.

Comme les quatre filles quittaient la cafétéria, Pheme sauta de son siège et se précipita vers elles.

— Athéna ! Attends ! cria-t-elle. Devine d'où j'arrive ? poursuivit-elle en les rattrapant.

Ses lèvres fardées de baume orange se fendirent d'un grand sourire.

— Facile, dit Artémis en levant les yeux. De la cafétéria.

— Eh bien, oui, dit Pheme en plissant légèrement les yeux. Mais je voulais dire avant ça.

— Artémis plaisantait, dit Athéna.

Franchement, Pheme pouvait parfois être un peu simplette.

— Oh! dit-elle, puis elle sourit de nouveau. Je reviens tout juste d'Hypaepa! débita-t-elle sans plus attendre.

— Bon, il faut qu'on y aille, dit Athéna.

«Quelle poisse», grommela-t-elle intérieurement en espérant faire sortir ses amies de là au plus vite.

— Attends une minute. C'est là que vit cette mortelle qui fait du tissage, n'est-ce pas? dit Aphrodite. Celle qui a fait le magnifique chiton que tu portais vendredi au marché surnaturel. Elle s'appelle comment, déjà? Acné?

— Arachné, corrigea Pheme.

— Je me rappelle, maintenant, dit Aphrodite en hochant la tête. Comme la boutique de couture au marché des immortels.

— Tu lui as commandé un autre chiton ? demanda Perséphone. C'est pour ça que tu étais à Hypaepa ?

— Oui, dit Pheme. Et pendant que j'étais là-bas, elle m'a parlé de son concours contre Athéna jeudi prochain, et...

Ses mots faisaient des petits nuages au-dessus de sa tête, là où tout le monde pouvait les voir.

— Faut que je me sauve, l'interrompit Athéna. J'aimerais bien que tu m'en dises

davantage sur ta visite plus tard, Pheme.
Vous venez, les filles ? dit-elle ensuite par-dessus son épaule à ses amies, décontenancées, après avoir poussé la porte de la cafétéria.

L'air perplexe, elles la suivirent à l'extérieur.

— Un concours ? demanda Artémis. De quoi s'agit-il ?

Aphrodite posa ses mains aux ongles vernis de rose sur ses hanches.

— Allez ! Raconte. Tu nous caches quelque chose !

— Je ne voulais pas, c'est juste que... dit Athéna en s'arrêtant, pas certaine de savoir comment leur expliquer tout ça.

— Tu n'es pas obligée de nous en parler si tu n'en as pas envie, dit Perséphone en lui touchant doucement le bras.

— Fadaises, dit Aphrodite. Bien sûr qu'elle doit nous le dire. Nous sommes ses meilleures amies.

— Si Pheme est déjà au courant pour le concours, dit Athéna en poussant un grand soupir, alors la moitié de l'école est au courant aussi. Ou l'apprendra bien assez tôt de toute manière. Alors, j'aime mieux que ce soit moi qui vous l'apprenne plutôt qu'elle. Venez.

À l'étage dans la chambre d'Aphrodite, Athéna et Perséphone se laissèrent tomber sur le lit d'Aphrodite alors qu'Aphrodite et Artémis s'installaient dans l'autre lit. Un peu mal à l'aise, Athéna suivait du doigt les motifs de cœurs blancs brodés sur le couvre-lit en velours en racontant à ses amies sa visite chez Arachné.

— Quel toupet ! s'exclama Artémis lorsqu'elle eut fini son histoire. J'aurais aimé être là. J'aurai encoché une flèche sur mon arc et…

Elle mima l'action, faisant semblant de prendre une flèche d'argent du carquois qu'elle portait sur son dos.

— Zing ! cria-t-elle avec joie. En plein dans le mille !

« Pardieu ! pensa Athéna. Artémis réagit exactement comme Héraclès ! Et même en supposant que l'on considère le discours et les actions d'Arachné comme une insulte, tirer une mortelle au visage avec une flèche ne figure pas sur la liste des réparations acceptables. » Sa consternation avait dû être bien évidente, parce qu'Artémis se mit à rire.

— Je plaisantais ! dit-elle. Mais tu n'aurais jamais dû la laisser te mettre au défi comme ça, la tança-t-elle ensuite.

— À qui le dis-tu ! répondit Athéna en serrant un coussin en forme de cœur sur la poitrine.

— Ce qui est fait est fait, dit Aphrodite en jetant un regard d'avertissement à Artémis. Et de toute manière, Athéna va gagner ce concours.

— Exact, dit Perséphone. Arachné est peut-être douée, mais personne n'arrive à la cheville d'Athéna.

Athéna était contente de constater que ses amies avaient autant confiance en elle. Elle espérait seulement se sentir aussi sûre qu'elles de ses prouesses sur le métier. Lorsqu'elle revint dans sa chambre un peu plus tard, elle sortit son métier à tisser. Bien qu'elle tricotât beaucoup, elle n'avait pas fait de tissage depuis qu'elle avait commencé l'école à l'AMO. Elle manquait tellement de pratique que ses doigts lui semblaient engourdis lorsqu'elle étira les fils parallèlement de haut en bas du métier. Mais elle commença à entrelacer son fil au-dessus et en dessous de ces premiers. Et elle continua ainsi jusqu'à l'heure du dîner. Pendant qu'elle travaillait, son esprit vagabondait du côté d'Héraclès et elle se demanda comment la journée s'était passée pour lui.

Lorsqu'elle arriva dans la cafétéria, elle vit qu'il était de retour, assis à une table avec Apollon, Hadès, Poséidon, Arès et plusieurs autres jeunes dieux. La cafétéria bourdonnait encore une fois des nouvelles de sa dernière «aventure». D'après ce qu'elle put déduire à partir de ce qu'elle entendit alors qu'elle faisait la file pour obtenir une salade surmontée de délicieuses olives (qu'elle avait inventées), les «quelques oiseaux» dont avait parlé Athéna la veille, n'étaient pas que de simples petits rossignols gazouillants. Il s'agissait plutôt de vilains oiseaux de proie porteurs de mort avec un bec pointu et des ailes qui lançaient des flèches.

— Allons, Héraclès, le pressa Apollon alors qu'elle s'approchait de la table des garçons avec son plateau. Raconte-nous encore une fois comment tu les as vaincus.

Comme Héraclès recommençait à raconter son histoire, la bouche pleine de ragoût d'ignambroisie, les jeunes dieux étaient suspendus à ses lèvres. Athéna sentit son regard qui se posa sur elle comme elle passait, mais elle fit semblant de ne pas le voir. À vrai dire, elle était heureuse de constater qu'il n'avait pas été picoré à mort. Elle trouva cependant un peu irritant qu'il joue le héros, alors qu'elle-même devait faire face au défi lancé par une mortelle parvenue et qui pourrait très bien l'emporter sur elle par-dessus le marché !

— Tu crois que tu as des problèmes ! dit Aphrodite dans tous ses états lors-qu'Athéna vint s'asseoir à côté d'elle. Plus jamais je ne parlerai à Arès !

— Que s'est-il passé ? demanda Athéna en piquant une olive.

« Miam ! Le cousin Héraclès est fou à lier. Les olives sont délicieuses ! »

— Arès et elle se sont encore dis-
putés, dit Perséphone en avalant une
gorgée de nectar.

Le béguin en dents de scie
d'Aphrodite pour Arès était un sujet
intarissable à tous les repas, et Athéna
écoutait avec empathie ses tribulations
amoureuses en grignotant sa salade.
Personnellement, elle n'avait pas de
conseils à lui donner, mais Perséphone et
Artémis n'étaient pas en reste, et leurs
conseils étaient parfois contradictoires.

— Arès était probablement de
mauvaise humeur, tout simplement,
dit Perséphone pour l'apaiser. Si tu
attends un peu, je parie qu'il va venir
s'excuser.

— C'est un crétin, dit Artémis en donnant des bouts de son sandwich à ses trois chiens. Tu es bien mieux sans lui.

Athéna savait qu'elle n'aurait pas dû se sentir heureuse en écoutant les malheurs d'Aphrodite, mais c'était un soulagement que quelqu'un d'autre soit le centre d'attention pour faire changement. Dès qu'elle eut terminé sa salade, elle s'excusa et se leva pour partir.

— Désolé, il faut que j'y aille, entendit-elle Héraclès dire à ses nombreux admirateurs au même moment.

Elle se demanda s'il avait décidé de partir justement parce qu'elle partait elle-même. Et bien entendu, il la rattrapa juste à la sortie de la cafétéria.

— Hé, tu m'as manquée, aujourd'hui, dit-il.

Athéna leva un sourcil.

— Ton aide, je veux dire, dit-il en rougissant. Ton aide m'a manquée.

— Et pourquoi aurais-tu besoin de mon aide quand tu as ta masse ? lui lança-t-elle d'un air méprisant.

— Tu parles de ma masse admirateurs ? dit-il en faisant un signe du pouce vers les jeunes dieux.

— Non.

Héraclès plissa les sourcils d'un air interrogateur.

— Oh ! dit-il après quelques instants. Tu crois que je me suis servi de ça contre les oiseaux aujourd'hui ? ajouta-t-il en frappant de la main sa massue qu'il tenait posée sur son épaule.

— Eh bien, n'est-ce pas ce que tu as fait ? lui demanda-t-elle d'un air accusateur.

Et bien qu'elle savait désormais que les oiseaux qu'il avait affrontés n'étaient pas qu'une jolie volée d'oiseaux gazouillants, elle détestait imaginer qu'il aurait pu les tuer.

— J'y ai pensé, admit Héraclès. Mais au moment même où ils plongeaient sur moi, je me suis demandé ce que toi tu aurais fait.

— Vraiment ? dit-elle, croyant qu'il voulait la taquiner.

— Je ne te mentirais jamais, dit-il d'un air solennel, quoiqu'un peu vexé.

Il la dévisagea si longuement qu'elle se mit à se tortiller sous son regard.

— Alors, dit-il enfin, j'ai trouvé comment je pourrais faire peur aux oiseaux sans leur faire de mal.

— Comment ? lui demanda-t-elle.

— J'ai utilisé ma tête, tout comme tu l'aurais fait. J'ai ramassé quelques roches, et…

Athéna retint son souffle.

— Et je les ai frappées ensemble comme des cymbales. Crack ! Tu aurais dû entendre le raffut que cela a fait !

— Et est-ce que cela a fait partir les oiseaux ? demanda-t-elle avec curiosité.

— Plus ou moins.

— Plus ou moins ? dit Athéna en inclinant la tête.

— Eh bien, certains des plus hardis ne voulaient simplement pas partir. Alors, j'ai… j'ai…

— Non ! Ne me dis rien ! s'exclama-t-elle, craignant le pire. Je vais juste imaginer que tu les as attrapés avec un filet.

— Ouais, ça aurait probablement marché, dit Héraclès en évitant de la regarder dans les yeux.

— Qu'y a-t-il ensuite sur ta liste ? lui demanda-t-elle pour changer de sujet.

Quelque chose comme capturer un animal quelconque ou lui faire peur, sans aucun doute?

— Je dois capturer un taureau crétois, répondit-il en faisant un sourire en biais.

— En Crète? Mais c'est loin d'ici! s'exclama Athéna.

— Oui, il va falloir que j'y aille à voile, dit-il en hochant la tête.

Elle songea à lui dire que c'était elle qui avait inventé le bateau, mais il le savait probablement déjà. Et de toute manière, elle ne voulait pas qu'il croie qu'elle se vantait.

— Je vais partir ce soir, ajouta-t-il.

— Et l'école? demanda Athéna. Tu ne pourras certainement pas être revenu avant demain matin pour les cours.

— Il va falloir que je sèche les cours, dit Héraclès en haussant les épaules, puis il fit une pause. Je… j'imagine que tu ne voudrais pas m'accompagner.

Athéna hésita. Elle n'avait jamais manqué une seule journée d'école de toute sa vie! D'un autre côté, Zeus lui avait demandé de garder un œil sur Héraclès. Mais il fallait aussi qu'elle se prépare pour la compétition de jeudi avec Arachné, et de plus, il y avait un test le lendemain et elle était encore en retard dans ses devoirs. Et, en outre, Héraclès s'était très bien débrouillé sans elle aujourd'hui.

— Je suis désolée, dit-elle enfin. Je ne peux pas y aller. J'ai tout simplement trop à faire ici.

Les épaules d'Héraclès s'affaissèrent.

— Je parie que l'un des jeunes dieux pourrait y aller avec toi, suggéra-t-elle d'une voix enjouée.

— Peut-être, dit-il sans grand enthousiasme.

Après quelques moments d'un silence gêné, ils se saluèrent.

— Bonne chance! lui cria Athéna comme il s'en allait. Veux-tu venir m'avertir lorsque tu reviendras? S'il est tard, viens glisser un petit mot sous ma porte dans le dortoir des filles.

— D'ac, marmonna Héraclès.

Elle se rendait bien compte qu'il était déçu qu'elle ne l'accompagne pas. Et cela la faisait se sentir coupable. Mais en même temps, c'était flatteur. Malgré tout, elle n'allait pas manquer des cours et mettre ses résultats scolaires en péril pour un garçon, même un garçon qui lui plaisait!

Une fois qu'il fut hors de vue, elle se dirigea vers la bibliothèque. Après avoir fait d'autres devoirs, elle avait prévu d'examiner des rouleaux de textes d'art. Elle espérait que cela lui donnerait des idées de scènes à incorporer dans son ouvrage de tissage. En passant les portes de la bibliothèque, elle s'efforça de ne pas penser à tout ce qui pouvait faire chavirer et couler un bateau, comme de grands vents ou des rochers proéminents. Ni à quel point les taureaux pouvaient être dangereux.

10

Mais où est Héraclès ?

L e cours de vengeance-ologie de lundi après-midi n'était pas aussi intéressant sans Héraclès, qui manquait à Athéna. Et bien qu'elle fût certaine de savoir ce qu'il aurait répondu, elle aurait aimé débattre avec lui de la question du jour : faut-il toujours se venger d'un affront?

Menée par Méduse, la classe tout entière semblait pencher vers l'affirmative, c'est pourquoi Athéna avait été heureuse lorsque madame Némésis avait interrompu la discussion pour s'adresser à eux.

— J'aimerais que vous réfléchissiez tous à ceci, dit-elle en déployant ses ailes majestueuses derrière elle : il faut parfois plus de force pour pardonner un affront que pour s'efforcer de se venger.

Athéna était d'accord, mais elle leva la main pour demander quelle était la différence entre un affront et une insulte, puisque cette dernière exigeait réparation, selon son rouleau de textes. Mais avant que madame Némésis puisse lui accorder la parole, on frappa à la porte, et monsieur Cyclope, le professeur d'héros-ologie passa la tête par la porte.

— Excusez-moi, dit-il, son œil immense au milieu de son front regardant madame Némésis. Puis-je vous parler un instant ?

— Certainement, dit madame Némésis.

Elle sortit dans le couloir, et dès que la porte se fut refermée, tous les élèves se mirent à chahuter. Un oiseau en papyrus plié plana au-dessus du bureau d'Athéna, lancé par quelqu'un derrière, et quelqu'un d'autre commença à chantonner la

dernière chanson du groupe d'Apollon.
Méduse quitta sa place. Venant se planter
devant le bureau d'Athéna, elle se pencha
vers elle et lui demanda :

— Où est ton petit ami, aujourd'hui ?

Ses cheveux verts se tortillaient et sif-
flaient, les serpents dardant leur langue
fourchue au visage d'Athéna.

Athéna se recula dans sa chaise pour
se mettre hors de leur portée.

— Je présume que tu veux parler
d'Héraclès, dit-elle d'un air glacial. Je
sais que ça ne sert à rien de te dire ça,
mais ce n'est pas mon petit ami. Et la
seule raison pour laquelle il n'est pas ici
est qu'il avait quelque chose de très
important à faire aujourd'hui.

— Parti pour une autre de ses petites aventures, hein? dit Méduse. Je parie que tu voudrais être avec lui.

— Il m'a demandé de l'accompagner, mais je...

Athéna mit soudain sa main devant sa bouche. Déesse de la sagesse? Guère! Comme c'était idiot de sa part de s'être laissée attirer dans cette conversation! Méduse allait s'assurer de transmettre cette bribe d'information à Pheme, et les rumeurs sur Héraclès et elle allaient se répandre dans l'école comme le feu aux poudres, si ce n'était déjà chose faite.

— Oooh, dit Méduse en faisant semblant de se pâmer. Je crois que quelqu'un est amouuuureux. Héraclès et Athéna assis dans un olivier. En train de se donner un B-A-I-S-E-R !

Deux de ses serpents plongèrent vers l'avant et prirent la forme d'un cœur autour du visage d'Athéna.

Athéna mourait d'envie de les étrangler. Elle serra et desserra les poings, et pendant cet instant elle comprit parfaitement les réactions impulsives d'Héraclès. Mais comment pourrait-elle se respecter elle-même et prétendre à une quelconque sagesse si elle ne pouvait même pas donner l'exemple, à lui et aux autres, même si c'était extrêmement difficile ? Prenant quelques grandes inspirations, elle compta jusqu'à 10 en silence pour se ressaisir.

— Mignon, dit-elle simplement à Méduse en lui faisant un sourire charmant.

Méduse s'en retourna à son bureau en trépignant. Elle était de toute évidence contrariée de ne pas avoir réussi à faire fâcher Athéna. Et Athéna sourit intérieurement :

« Gagné ! »

Mais lorsqu'Héraclès ne se montra pas à la cafétéria à l'heure du dîner, l'inquiétude la gagna. Et si le chant d'une sirène l'avait entraîné vers une mort aquatique ? Et si le taureau crétois l'avait encorné à mort ? Bien sûr, il était très fort, mais il était aussi mortel. Elle se réprimanda elle-même en silence de ne pas l'avoir accompagné.

Quelques-uns des jeunes dieux savaient déjà qu'Héraclès avait séché les cours pour se rendre en Crète. Apparemment, il leur avait parlé du tau-reau avant de partir, et maintenant tout le monde était au courant, y compris les meilleures amies d'Athéna. Et malheu-reusement, il n'avait pas tenu compte du conseil d'Athéna d'emmener un jeune dieu de ses amis avec lui.

— Apollon et moi, nous lui avons offert de l'accompagner, dit Hadès, en terminant la crème à l'ambroisie que Perséphone n'arrivait plus à avaler. Poséidon et Arès aussi, mais il a refusé tout le monde. J'espère que le directeur Zeus est d'accord qu'il manque des cours pour faire ces travaux. Autrement, Héraclès pourrait être expulsé de l'AMO.

— Regardez qui parle, dit Perséphone en lui souriant.

Hadès rougit. Il manquait souvent les cours, la plupart du temps parce qu'on avait besoin de lui aux Enfers. Mais par chance, Zeus n'avait encore rien dit.

Après le dîner, Athéna alla étudier dans sa chambre. Et elle travailla aussi un peu à son métier à tisser, bien qu'elle n'ait pas encore décidé du motif qu'elle créerait pour le concours de jeudi. Vers 20 h, Pandore passa la tête par la porte.

— Ça te dérange si je dors chez Pheme? demanda-t-elle. On va rester à travailler tard sur un projet pour le cours de beautéologie, si tu es d'accord?

Même lorsqu'il n'y avait pas lieu de faire une question, Pandore semblait ne pas pouvoir s'en empêcher.

— Pas de problème, dit Athéna en serrant un fil sur son métier. Amusez-vous bien. Mais ne va pas croire tout ce que Pheme peut raconter, ajouta-t-elle, surtout si ça me concerne!

— Penses-tu vraiment que je crois tout ce qu'elle dit? demanda Pandore en riant.

Une fois qu'elle fut partie, Athéna continua de travailler à son métier, expérimentant avec différents motifs en passant des fils colorés de droite à gauche et de gauche à droite entre les fils montés sur son métier. Elle était heureuse d'avoir quelque chose à faire pour s'occuper les mains et l'esprit, mais toutes les cinq minutes, elle jetait un regard vers la porte, espérant voir apparaître un mot d'Héraclès. Lorsqu'elle entendit enfin frapper, elle sauta sur ses pieds de soulagement. Elle faillit trébucher sur son métier dans sa hâte d'aller ouvrir la porte.

— Oh, c'est vous, dit-elle d'un air déçu lorsqu'elle vit qui se tenait de l'autre côté. Entrez.

Aphrodite et Artémis échangèrent un regard.

— Eh bien, merci, dit Aphrodite. Heureuse de te voir moi aussi.

— Nous savons qu'il est tard, dit Artémis, mais nous avons vu de la lumière sous la porte. Et puisque d'habitude tu es couchée à cette heure-ci, nous nous sommes demandées si tout…

— Héraclès n'est pas encore revenu, les interrompit Athéna. Et s'il était blessé ou… ou pire encore?

Elle se laissa tomber sur son lit et enfouit sa tête dans ses mains.

Pendant qu'Artémis fermait la porte, Aphrodite alla vite s'asseoir à côté d'Athéna.

— Calme-toi, dit-elle en passant un bras autour de ses épaules. Je suis certaine qu'Héraclès peut prendre soin de lui-même.

— Mais Zeus m'avait demandé de garder un œil sur lui! s'écria Athéna. S'il se passe quelque chose de grave, ce sera ma faute!

— Garder un œil sur lui? répéta Artémis en se laissant tomber sur le lit de l'autre côté d'Athéna.

— Oh non! dit Athéna en mettant une main devant sa bouche. Je ne devais en parler à personne. Mais c'est vrai! Mon père veut que je lui rapporte tout ce que fait Héraclès, mais je ne l'ai pas encore fait. Comment vais-je pouvoir lui dire qu'Héraclès est allé en Crète sans moi ? D'un autre côté, comment suis-je censée assister aux cours, faire tout mon travail scolaire et surveiller Héraclès tout à la fois ?

— Je ne comprends pas, dit Aphrodite en fronçant les sourcils. Le directeur Zeus ne veut certainement pas que tu négliges ton travail scolaire pour aller courir après Héraclès. Peut-être devrais-tu lui parler des travaux. Il n'est probablement pas au courant.

— Oh, il le sait, dit Athéna. J'en suis certaine. Il y a fait largement allusion dans le mot qu'il m'a envoyé hier. En fait, puisqu'il parlait par le biais de l'oracle qu'Héraclès avait consulté, c'est lui qui lui a assigné les 12 travaux. Mais je ne comprends pas pourquoi il est si important pour mon père qu'Héraclès effectue toutes ces tâches.

— Pourquoi ne lui poses-tu pas la question ? demanda Aphrodite.

Athéna lui jeta un regard éloquent, signifiant « tu plaisantes ».

— S'il avait voulu que je le sache, il me l'aurait dit. Tu sais qu'il n'aime pas que l'on remette ses ordres en question.

— J'imagine, dit Artémis en hochant la tête, que si j'étais roi de tout et de tous, je n'aimerais pas ça non plus.

— C'est peut-être une question idiote, dit Aphrodite, mais es-tu bien certaine qu'Héraclès n'est pas déjà revenu ?

— Il a dit qu'il m'avertirait dès son retour, dit Athéna en hochant la tête.

— Mais il peut avoir oublié? dit Artémis. Ou peut-être encore était-il épuisé du voyage et du combat mené pour attraper ce taureau et de tout le reste. Si ça se trouve, il est dans son lit, profondément endormi.

— Tu crois? demanda Athéna en sentant renaître l'espoir.

— Il n'y a qu'une manière de le savoir, dit Aphrodite. Allez, venez.

Quelques instants plus tard, les trois déesses se faufilèrent dans le couloir, puis montèrent l'escalier menant au dortoir des garçons, au cinquième étage. Elles entendirent tout de suite de la musique. Athéna, qui jouait de la flûte, reconnut le son d'une cithare, sorte de lyre à sept cordes, et d'un aulos à anche double.

— Apollon et Dionysos doivent être en train de répéter, chuchota Artémis. C'est leur chambre, dit-elle en montrant une porte à leur gauche.

Les deux jeunes dieux faisaient partie d'un groupe appelé la Voûte céleste, qui jouait lorsqu'il y avait des fêtes à l'école.

Les filles avancèrent sur la pointe des pieds dans le couloir. À l'extérieur de la chambre d'Arès et d'Atlas, il y avait une armure. Lorsque les filles s'approchèrent, celle-ci se déplaça en cliquetant au milieu du couloir et tendit une lance pour les empêcher de passer.

— Halte là ! dit l'armure d'une grosse voix. Aucun homme ne doit passer !

— Hum, dit Aphrodite en fronçant les sourcils. Arès a dû lui jeter un sort.

Ces deux-là ne se parlaient toujours plus.

— Nous ne sommes pas des hommes, nous sommes des femmes, dit-elle à l'armure. Des déesses, en fait, alors laisse-nous passer !

L'armure se mit à vaciller, ne semblant pas trop certaine de savoir ce qu'il fallait faire. Puis, comme si elle se rappelait des leçons de bienséance apprise il y a bien longtemps, elle baissa son bouclier et s'inclina à partir de la taille en grinçant.

— Je vous prie de m'excuser, gentes dames, dit l'armure. Veuillez donc procéder.

Puis elle reprit sa position originale à côté de la porte d'Arès et d'Atlas.

Les filles passèrent prestement devant l'armure et longèrent le couloir. Lorsqu'elles arrivèrent devant la porte de la salle de bain des garçons, celle-ci s'ouvrit à la volée. Poséidon en sortit, n'ayant pour tout vêtement qu'une serviette enroulée autour de la taille. Il hurla en les voyant, tenant d'une main devant lui son trident (qui ne lui faisait qu'un piètre bouclier) et serrant sa serviette de l'autre. De l'eau dégoulinait encore de sa peau turquoise pâle et faisait une petite flaque à ses pieds.

— Que faites-vous ici ? demanda-t-il en émettant un petit couinement gêné.

— Nous cherchons Héraclès, dit Athéna. Dans quelle chambre est-il ?

— La prochaine porte par là, dit Poséidon d'un geste du menton en tenant toujours son trident et sa serviette.

Artémis dévisageait Poséidon depuis qu'il était sorti de la salle de bain.

— Tu prends ta douche avec ton trident ? finit-elle par lui demander.

— Euh… Eh bien… Ouais.

En rougissant, il partit en courant dans le couloir et disparut dans la chambre qu'il partageait avec Hadès, du moins lorsque celui-ci ne passait pas la nuit aux Enfers, bien entendu.

Il y avait une grande feuille de papyrus fixée à la porte d'Héraclès, sur laquelle on pouvait lire le message suivant, en gros caractères : « Parti en Crète. De retour plus tard. » Il avait mentionné qu'il n'avait pas encore de compagnon de chambre, alors Athéna ne s'inquiéta pas de réveiller autre que lui lorsqu'elle frappa légèrement à la porte. Pas de réponse. Elle mit une oreille sur la porte, mais aucun son ne provenait de l'intérieur.

— Il n'est pas là, dit-elle, ses épaules s'affaissant. Repartons.

— J'ai remarqué que tu avais sorti ton métier, dit Aphrodite à Athéna sur le chemin du retour vers le dortoir des filles. Tu te prépares pour le concours ?

Athéna hocha la tête, mais elle ne voulait pas encore admettre qu'elle n'avait toujours pas d'idée de sujet.

— Ça nous fera plaisir d'aller à Hypaepa avec toi, jeudi, dit Artémis en jetant un coup d'œil à Aphrodite, qui hocha la tête.

— Nous en avons parlé, dit-elle, et Perséphone a dit qu'elle viendrait aussi.

— Ça signifie que je vais devoir manquer le cours de beautéologie, dit

Artémis avec un sourire. Mais c'est un sacrifice que je suis prête à faire.

— Je vous en suis reconnaissante, dit Athéna. Mais je crois que je préfère y aller seule.

— Tu en es sûre ? demanda Aphrodite.

— Oui, dit Athéna comme elles arrivaient à sa chambre. Mais merci de me l'avoir proposé. C'est vraiment gentil à vous.

— Comme tu veux, dit Artémis en haussant les épaules. Mais si tu changes d'idée, dis-le-nous.

— C'est promis, dit Athéna.

— Et essaie de ne pas trop t'en faire pour Héraclès, dit Aphrodite. Il va sûrement être là demain matin.

— Oui, dit Artémis en hochant la tête en assentiment. Le voyage en Crète a probablement demandé plus de temps que ce qu'il avait pensé.

— Vous avez probablement raison, dit Athéna comme elles se souhaitaient une bonne nuit.

Mais malgré tout, après le départ d'Aphrodite et d'Artémis, elle songea à aller réveiller Zeus pour lui parler d'Héraclès. Elle abandonna l'idée uniquement parce que son père était toujours de très mauvaise humeur lorsqu'il n'avait pas suffisamment dormi. Mais lorsqu'elle ne vit pas Héraclès au cours de vengeance-ologie le lendemain avant-midi, Athéna prit son courage à deux mains et se dirigea vers le bureau de Zeus.

Toutes les têtes de madame Hydre étaient occupées lorsqu'elle arriva, mais l'adjointe administrative fit un signe à Athéna en direction de la porte ouverte du bureau de Zeus. Lorsqu'Athéna jeta un œil à l'intérieur, elle vit une grande maquette de temple posée au beau milieu du bureau de son père. Mais pas de Zeus en vue.

— Hé ho ? lança-t-elle.

Sa grosse crinière rousse sortit de derrière la maquette.

— Athé ! Il était temps que tu viennes voir ton cher vieux papa, dit-il. Je t'ai envoyé une missive il y a deux jours. Ne l'as-tu pas reçue?

Puis il replongea la tête derrière la maquette, qui lui faisait face. Il tripotait quelque chose de son côté, de sorte qu'elle ne voyait pas ce qu'il faisait.

— Oui, dit Athéna, en déglutissant, mais j'ai eu beaucoup de travail, et…

— Ça ne fait rien, l'interrompit Zeus. Tu es là, maintenant. Assise. Assise.

Prenant la même chaise verte au dossier en forme de coquillage que la dernière fois, Athéna leva les yeux au ciel. Chaque fois qu'il lui demandait de s'asseoir, c'était comme s'il donnait un ordre à un chien.

— C'est une maquette du temple dont j'ai vu les plans vendredi dernier ? demanda-t-elle, puisqu'il ne disait rien.

Et que faisait-il derrière, de toute manière ?

Zeus hocha la tête avec enthousiasme et retourna la maquette pour qu'elle puisse en voir la façade. À en juger par la taille des fenêtres et des portes en relation avec l'ensemble de l'édifice, ce temple serait immense. Il était entouré de tous les côtés de colonnes élevées, recouvertes de marbre et d'or, et il y avait devant un piédestal sur lequel se trouvait une statue gigantesque de Zeus lui-même tenant un éclair à la main.

— Renversant, n'est-ce pas ? dit-il, le visage brillant d'excitation. J'ai dit à l'architecte que je voulais quelque chose qui en imposerait tellement aux mortels qu'ils se précipiteront par terre dès qu'ils le verront.

— Ça devrait faire l'affaire, dit Athéna en admirant la maquette.

— Ne crois-tu pas qu'il faudrait ajouter plus de babioles ?

— Des babioles ?

— Tu sais, dit-il en agitant les mains partout autour. Peut-être un paquet de volutes par ci, des boucles par-là, des bannières, des créatures, des tours. Un peu plus de fioritures de ce genre, çà et là.

— Non, je crois qu'il est très bien comme il est, dit Athéna avec tact.

L'architecture de l'édifice était sobre et de bon goût, tout à fait l'opposé des idées de Zeus. Elle remarqua une dizaine de petites figurines disposées autour de la statue le représentant, et elle prit conscience qu'il devait jouer à sa propre version de la maison de poupée avec les personnages, les déplaçant autour de la statue en s'imaginant qu'il s'agissait de Grecs venus l'adorer. Pardieu ! Il agissait parfois comme un enfant, format géant !

— Tu as probablement raison, dit Zeus en hochant la tête. De plus, la construction est presque terminée. Il ne reste plus qu'à s'occuper des œuvres d'art et des sculptures.

Regardant par l'une des fenêtres de la maquette, Athéna remarqua les surfaces vierges sur les murs et les piédestaux vides.

— Alors, dit Zeus qui l'examina attentivement après avoir poussé brusquement la maquette de côté et s'être appuyé sur ses coudes, les mains jointes. Comment se porte notre protégé ?

— Euh, eh bien, dit Athéna en se tortillant sur sa chaise. Je… je ne sais pas exactement. Il est allé en Crète, hier. Et il devrait être revenu à l'heure qu'il est, mais…

— QUOI ? tonna Zeus en plissant les sourcils de colère et en frappant le bureau de ses paumes, ce qui fit tressauter tout ce qui se trouvait dans la pièce, Athéna y compris. Tu as laissé Héraclès aller en Crète tout seul ? Sans m'avertir ? Et après que je t'aie demandé exprès de le surveiller ?

— Je sais, je sais, répondit Athéna en se ratatinant sur sa chaise. C'est juste que je ne voulais pas te déranger. Je croyais qu'il allait revenir plus tôt que ça. Je suis désolée.

Se mettant à grogner soudainement, Zeus se frappa le côté de la tête, et son regard vague, mais pas inconnu indiqua que Métis était en train de lui parler.

— Oui, tu as raison, il aurait sans doute été plus sage de choisir quelqu'un d'autre qu'Eurysthée pour établir la liste des travaux, admit-il à la fois contrarié et réservé. Et, oui, j'imagine que j'aurais dû revoir la liste moi-même avant qu'il la remette à Héraclès, mais je ne pensais pas…

Métis avait dû l'interrompre encore une fois, parce qu'il soupira, et il se mit de nouveau à écouter.

— Je sais que c'est un échéancier terriblement serré, mais le temple sera…

Sa voix s'évanouit, et son regard devint furtif lorsqu'il jeta un coup d'œil à Athéna.

— Nous continuerons d'en parler plus tard, Métis, gronda-t-il.

— Le temple sera quoi? demanda Athéna une fois qu'il eut donné congé à Métis.

— Hein? dit Zeus, le regard vide.

— Le temple sera quoi? répéta-t-elle. Tu n'as pas fini ta phrase. Et tu parlais du temple où Héraclès est allé consulter l'oracle? Ou de celui qu'on construit en ton honneur? Ou d'un autre temple?

Au même moment, madame Hydre les interrompit en passant deux têtes par la porte. Était-ce son imagination, ou Zeus avait-il l'air soulagé?

— Une lettre vient d'arriver par le service de livraison expresse Hermès, l'informa son adjointe.

Un morceau de papyrus roulé attaché avec un large ruban rouge frétillait en essayant de se soustraire à sa poigne. Dès qu'elle le lâcha, le papyrus se servit de ses ailes minuscules pour aller se poser sur le bureau de Zeus. Celui-ci retira le ruban rouge et déroula le papyrus.

— Ça vient d'Héraclès, dit-il après l'avoir parcouru rapidement. Puis il commença à lire à haute voix :

CHER MONSIEUR LE DIRECTEUR ZEUS,

DÉSOLÉ D'AVOIR MANQUÉ L'ÉCOLE

HIER. COMME ATHÉNA VOUS L'A SANS

DOUTE APPRIS À L'HEURE QU'IL EST (et là, Zeus releva sa tête hirsute pour lancer un regard appuyé à Athéna), JE SUIS ALLÉ EN CRÈTE POUR ALLER TÂTER DU TAUREAU. AUJOURD'HUI, JE M'EN VAIS À THRACE POUR CAPTURER DES JUMENTS, ET ENSUITE JE PARTIRAI POUR L'AFRIQUE DU NORD AFIN DE VOLER LE TROUPEAU DE BŒUFS DU GÉRYON. YAHOU!

« Pardieu! pensa Athéna. Un vrai géryon? » Ses amies et elle en avaient combattu peu de temps avant dans la Forêt des bêtes, mais il s'agissait d'un faux. Les vrais géryons étaient des créatures terrifiantes à une tête, deux bras, trois troncs, quatre ailes et six pattes, avec des serres acérées, des lèvres vertes gluantes et une haleine tout à fait fétide, pire encore que celle du mouton noir de la famille de madame Hydre !

Zeus poursuivit sa lecture.

QUOI QU'IL EN SOIT, JE PRÉVOIS REVENIR À L'AMO JEUDI AVANT-MIDI. ET JE PROMETS D'ÉTUDIER JOUR ET NUIT POUR RATTRAPER LE TRAVAIL QUE JE MANQUE EN N'ASSISTANT PAS AUX COURS DEPUIS LUNDI, SI SEULE-MENT VOUS ACCEPTEZ DE ME GARDER À L'ACADÉMIE.

AVEC TOUTE MON ADORATION,

HÉRACLÈS

Zeus avait l'air de se sentir un peu coupable lorsqu'il termina la lecture. Il devait enfin se rendre compte qu'il avait exigé l'impossible d'Héraclès, s'attendant à ce qu'il effectue ses 12 travaux en une semaine tout en restant à l'école et en faisant son travail scolaire. Bien qu'elle fût soulagée de savoir qu'Héraclès était hors de danger, Athéna ne pouvait s'empêcher de se sentir un peu vexée qu'il ait envoyé un message à Zeus pour lui dire ce qui se passait, mais qu'il ne se soit pas donné la peine de communiquer avec elle. Ne savait-il pas qu'elle était inquiète? Et comme c'était par pure coïncidence qu'elle se trouvait là lorsque la lettre était arrivée, elle serait encore dans le noir total, sans cela !

Chassant ce désagréable sentiment, elle fit un calcul rapide. Si tout allait bien, il ne resterait plus à Héraclès que trois travaux à effectuer lorsqu'il reviendrait le jeudi matin. Elle aurait aimé savoir de quoi il s'agissait. Si seulement elle n'avait pas cette compétition contre Arachné. Elle ne voulait pas manquer son arrivée !

— Ne pourrais-tu pas accorder à Héraclès une ou deux journées de plus pour terminer ses 12 travaux ? suggéra-t-elle à Zeus, quoique, ayant entendu une partie de la conversation avec sa mère, elle crut connaître la réponse.

— Une fois que les mots d'un dieu ont été transmis par un oracle, dit Zeus en secouant sa grosse tête d'un côté et de l'autre, on ne peut plus les modifier.

— Oh, dit Athéna. C'est ce que je craignais.

Zeus frappait le bout de ses doigts les uns contre les autres. Ce qui provoqua des étincelles qui vinrent tomber sur une pile de papiers sur son bureau.

— Tu ne peux pas savoir à quel point il est important pour moi qu'Héraclès réussisse, Athé, dit-il.

Hochant la tête, Athéna se pencha et se mit à souffler sur les papiers pour les empêcher de prendre en feu. C'était un vrai miracle que son bureau n'ait pas encore été incendié.

— Il faut que tu continues à l'aider, dit Zeus. Lorsqu'il sera rentré, je veux que tu lui colles après comme une puce à un lion jusqu'à ce qu'il termine jusqu'au dernier de ses travaux.

Athéna n'aima pas trop être comparée à une puce. Mais personne n'ergotait sur le choix de comparatifs du roi des dieux, fût-il son père.

— D'accord, dit-elle. Mais…

— Il n'y a pas de «mais» qui tienne, l'interrompit Zeus d'un air sévère.

Contrairement au vendredi précédent, il ne semblait pas d'humeur à la supplier pour obtenir son consentement.

C'était un ordre, cette fois. Elle avait été sur le point de mentionner son engagement au concours de tissage de jeudi, mais elle crut préférable de s'en abstenir en fin de compte. Si Zeus était si désireux de la voir aider Héraclès, il devait avoir de très bonnes raisons. Peut-être devrait-elle trouver un moyen de se soustraire à la compétition.

Les yeux de Zeus redevinrent vagues, et il se frappa le côté de la tête d'une main.

— C'est bon, Métis. Ne t'énerve pas, je vais le lui dire! Ta mère veut que tu saches que nous t'aimons beaucoup, dit-il en levant les yeux au ciel à l'intention d'Athéna. Et que personne d'autre ne prendra ta place dans nos cœurs, peu importe sa force ou son habileté au combat. Tu possèdes d'autres habiletés qui sont… euh… tout aussi importantes et utiles.

— D'autres habiletés ? répéta Athéna.

Zeus fit une pause pour continuer d'écouter Métis.

— Des habiletés artistiques, par exemple, dit-il enfin. Tu es douée pour inventer des choses et pour l'artisanat, tu sais, comme le tissage, poursuivit-il en agitant une grosse main dans les airs.

— Compris, dit Athéna rapidement.

Heureusement, la cloche-lyre sonna au même moment.

— Je crois que je devrais y aller, hein? dit-elle en sautant sur ses pieds. Je ne voudrais pas être en retard en classe!

— C'est ça, vas-y, répondit Zeus plutôt distraitement.

Vu la manière dont il secouait la tête, il semblait bien que Métis était encore en train de l'entretenir de quelque chose.

— Et n'oublie pas ce que je t'ai dit, lui lança-t-il comme elle passait la porte en coup de vent.

« À quel propos? De combien maman et lui m'aiment tendrement? se demanda Athéna. Ou à propos de coller à Héraclès comme une puce à un lion? »

Il était évident que Zeus se sentait fier de la force et des habiletés de combattant d'Héraclès, pensait-elle en parcourant le couloir pour se rendre à son cours suivant. Cela ne la dérangeait pas vraiment. Eh bien, si, en fait. Juste un peu. Toutefois, elle aurait préféré que Zeus ne parle pas de son tissage. C'était chouette de savoir que sa mère et son père l'aimaient, peu importent ses habiletés, mais elle voulait qu'ils soient également fiers d'elle. Aussi fiers que Zeus l'était d'Héraclès. Elle ne pouvait simplement pas se désister du concours maintenant. Autrement, cela reviendrait à déclarer forfait, et ses parents ne seraient alors pas du tout fiers d'elle. Elle ne pouvait pas laisser une simple mortelle la surclasser à un art pour lequel elle était si réputée. Ça ne serait pas sage du tout!

Mais comment ferait-elle pour se trouver à deux endroits différents en même temps?

11

La compétition

Athéna se leva dès l'aube le jeudi matin pour finir de choisir ses fils. La veille, elle avait enfin eu une idée pour son motif et elle savait que c'était une bonne idée. Elle se déplaçait sans bruit dans la chambre, pour ne pas réveiller Pandore. Juste au moment de partir, elle se rendit compte qu'il lui faudrait prendre son petit déjeuner en chemin. Elle courut vers son bureau pour y prendre quelques barres de céréales et trébucha sur sa chaise.

— Aïe !

Elle se figea sur place lorsque Pandore ouvrit les yeux.

— Hein ? murmura-t-elle. As-tu dit que je te plaisais, Poséidon ? Vraiment ?...

Elle marmonna autre chose qu'Athéna ne réussit pas à comprendre, bien que cela ressemblât à une question, bien entendu, puis elle se retourna d'un coup et se rendormit.

Après avoir mis sa collation dans sa poche, Athéna prit son sac de fils et sortit en fermant sans bruit la porte derrière elle. Au bout du couloir, elle chaussa une paire de sandales ailées, puis fila dans l'escalier de marbre, franchit les portes de bronze et partit en direction d'Hypaepa.

En descendant le long du mont Olympe, elle se demanda si elle n'aurait pas mieux fait d'accepter l'offre de ses amies de l'accompagner. Elle avait craint que leur présence ne la fasse se sentir nerveuse, mais elle n'en était plus certaine. Elles auraient certainement su la réconforter ! Elle se sentait fatiguée et inquiète. Elle avait mal dormi, se repassant dans sa tête les motifs de son ouvrage et se tracassant au sujet de la compétition qui était sur le point d'avoir lieu. Bien qu'elle tentât de se convaincre qu'il était impossible qu'elle perde, l'ombre d'un doute, pas plus grosse qu'un noyau d'olive, avait fait son chemin dans son esprit.

Athéna se laissa planer pour s'arrêter aux abords du village. Détachant les courroies des sandales, elle les enroula autour des ailes d'argent, puis fit le reste du chemin à pied. Lorsqu'elle frappa à la porte de la petite maison de bois d'Arachné, la jeune fille lança :

— Entrez. Je suis occupée !

« Hum », pensa Athéna en tournant la poignée et en poussant la lourde porte.

Elle n'avait jamais rencontré personne, mortel ou immortel, qui eût de si mauvaises manières !

Les longs doigts fins d'Arachné étaient déjà à l'œuvre, fixant les fils à son métier.

— Par ici, grommela-t-elle en montrant un second métier d'un geste de la tête.

Athéna s'en approcha et l'inspecta. Bien qu'il ne fût pas aussi sophistiqué ni aussi solide que le sien à l'AMO, celui-ci ferait l'affaire. Elle ouvrit son sac et en sortit plusieurs écheveaux de fils. Après avoir coupé de grandes longueurs de chacune des pelotes, elle les attacha, les étira et les replia de haut en bas pour créer des colonnes de fils constituant la chaîne.

Une fois que les métiers furent prêts, les filles se mirent à l'ouvrage, passant de nouveaux fils au-dessus et en dessous des fils de chaîne, puis tirant sur les fils pour bien les tendre à la fin de chaque rang. Peu de tisserands auraient pu égaler le rythme et la vitesse de leurs doigts agiles. À mesure que le dessin qu'avait imaginé Athéna apparaissait sur le métier, sa confiance en elle revenait. Au lieu de créer une seule scène, elle avait décidé de séparer son dessin en sections, chacune avec une scène différente, quoique liée aux autres. Chaque fil était exactement là où il devait se trouver, et les couleurs qu'elle avait choisies étaient aussi vives et réalistes que les murales de maîtres qui ornaient les murs de l'AMO.

Lorsque sa tapisserie fut presque terminée, elle leva les yeux et vit avec surprise qu'un groupe de femmes étaient entrées dans la pièce sans faire de bruit. C'étaient les juges, bien sûr, et elles observaient depuis la porte. Athéna croisa le regard de l'une d'elles, une vieille femme aux cheveux blancs et aux mains noueuses. La femme baissa les yeux et s'inclina avec révérence. Ça, c'était le genre de respect qu'une déesse était en droit de s'attendre de la part des mortels !

Quelques minutes plus tard, presque au même moment, Athéna et Arachné déclarèrent que leurs tapisseries étaient terminées. Arborant un sourire de satisfaction sournois, Arachné s'éloigna d'un pas de son métier. Athéna se demandait ce qu'elle avait tissé, mais les femmes qui étaient venues juger la compétition s'étaient déplacées entre les deux métiers pour examiner les deux tapisseries, et elle n'arrivait pas à voir au-dessus de leurs têtes.

— Incroyable!

— Magnifique!

— Exquis!

Les exclamations d'admiration qui fusaient pour le travail des deux filles commencèrent à remplir la pièce.

Mais l'une des juges qui admiraient le travail d'Arachné se mit à rire de manière bizarre en jetant des regards à Athéna.

— Superbe travail, comme toujours, Arachné, dit la vieille femme qui s'était inclinée devant Athéna, mais pas tout à fait approprié, ton sujet.

— Je peux voir ? demanda Athéna, dévorée de curiosité.

Les juges se reculèrent pour la laisser passer. La tapisserie d'Arachné brillait de couleurs luxuriantes, et son tissage sans faille était tout aussi réussi que celui d'Athéna. Mais le dessin ! Il représentait un Zeus à moitié fou sautillant de douleur, pendant qu'une mouche (Métis, sans doute possible !) bourdonnait autour de sa tête. Un éclair qui avait dévié de sa trajectoire s'était planté dans son pied, et un autre avait mis le feu à l'ourlet de sa tunique.

Athéna fut d'abord trop interloquée pour dire quoi que ce soit. Puis ses yeux se réduisirent à de minuscules fentes dans son visage, et ses joues s'enflammè-rent. Elle jeta un regard assassin à Arachné. Le visage de la fille, qui prenait sans doute alors conscience de l'énormité de son erreur, pâlit de frayeur.

— Comment oses-tu ! s'exclama Athéna.

Laissant libre cours à sa colère, elle se jeta sur la tapisserie d'Arachné et la réduisit en lambeaux. Puis elle la piétina pour faire bonne mesure alors qu'Arachné tremblait et que les femmes regardaient la scène avec horreur. Se payer sa tête passait toujours, mais Athéna ne permettrait pas que cette fille déshonore ses parents!

Consumée de rage, elle s'en prit alors à Arachné elle-même.

— En te moquant de mes parents, tu t'es condamnée à filer pour l'éternité des tapisseries vides et sans couleur!

Tendant la main, elle toucha la fille. La tête et le corps d'Arachné commencèrent à rétrécir sur-le-champ, et ses longs doigts fins se changèrent en huit pattes filiformes. Lorsque la transformation fut terminée, Arachné, désormais devenue araignée, se précipita vers le mur le plus proche et commença à tisser une toile fragile. Semblant craindre ce qu'allait ensuite faire Athéna, les juges quittèrent toutes ensemble la maison en coup de vent, même la vieille femme qui avait fait preuve de respect et qui, par conséquent, n'avait rien à craindre.

Sa colère apaisée, Athéna détacha sa tapisserie aux six tableaux spectaculaires et poignants. Elle la roula, la mit dans son sac, puis s'en retourna au mont Olympe sur ses sandales ailées. À mesure que les villages, les arbres et les rochers défilaient sous ses yeux, son esprit se calmait. En repensant à ce qui venait de se passer, elle put à peine croire ce qu'elle avait fait ! Il lui paraissait maintenant évident qu'elle avait laissé la colère l'emporter sur la raison. Elle y avait donné cours d'une manière qui ressemblait davantage à celle d'Héraclès qu'à la sienne, se servant de la violence pour régler son problème.

Est-ce que c'était lui qui déteignait sur elle plutôt que le contraire ? Elle était certaine qu'il aurait approuvé son geste s'il avait été là pour voir ce qui s'était passé. Pourtant, avait-elle eu si tort que cela ? Arachné avait insulté ses parents, après tout. Il fallait obtenir réparation. Elle avait été dans son droit de détruire la tapisserie de la fille et de transformer celle-ci en araignée. Pourtant, elle ne pouvait s'empêcher de se demander si, au lieu d'obtenir justice, elle ne s'était pas simplement vengée. Comment pouvait-on faire la différence? Dans des moments comme celui-là, il était vraiment difficile d'être une déesse.

Athéna atteignit l'AMO à l'heure du déjeuner. En entrant dans la cafétéria, elle aperçut Pheme. La jeune déesse des rumeurs avait de toute évidence de truculents potins à raconter, car elle allait de table en table, les mots sortant en fumée de ses lèvres plus vite que les sandales ailées pouvait porter quelqu'un. L'estomac d'Athéna se noua. Les nouvelles de ce qu'elle avait fait à Hypaepa étaient-elles déjà parvenues aux oreilles de Pheme ? Mais l'instant d'après, elle découvrit que les potins que colportait Pheme concernaient Héraclès. D'une quelconque manière, la déesse aux cheveux orange avait eu connaissance du contenu de la lettre qu'il avait envoyée à Zeus.

Athéna poussa un soupir de soulagement. Sans aucun doute, Pheme et, par conséquent, le reste des élèves apprendraient le sort fait à Arachné bien assez tôt, mais pour l'instant Athéna pouvait se détendre. Même ses amies omirent de lui poser des questions au sujet de la compétition, dans leur hâte de lui raconter ce qu'elles avaient entendu à propos d'Héraclès ce matin-là.

— Le taureau de Crète était si gigantesque et féroce que personne sur l'île ne réussissait à l'attraper, rapporta Perséphone avec force gestes. Mais Héraclès a réussi à l'attraper par les cornes. Puis il a jeté le taureau à la mer, l'a enfourché et l'a ramené jusque sur le continent.

Sa cuillère remplie de ragoût à l'ignambroisie suspendue juste devant sa bouche, Athéna dévisagea Perséphone avec surprise. Ces détails ne figuraient pas dans la lettre!

— Héraclès est-il ici ? demanda-t-elle en balayant la pièce du regard.

Comme elle ne l'avait pas vu en entrant, elle avait simplement présumé qu'il n'était pas encore rentré.

— Non, dit Aphrodite en secouant la tête. Il était là un peu plus tôt, mais il est reparti il y a environ une heure après avoir raconté ses aventures à tout le monde.

« Oh ! zut de flûte », pensa Athéna avec agacement.

— As-tu entendu parler de la manière dont il a capturé les juments mangeuses d'hommes ? Et comment il a piégé le géryon pour pouvoir lui voler son troupeau de bœufs ? dit Artémis avant même qu'elle ait le temps de demander à Aphrodite si elle savait où était passé Héraclès.

Athéna fut surprise d'entendre de l'admiration dans la voix d'Artémis. Il semblait que les exploits d'Héraclès avaient finalement eu raison de sa retenue à son égard. Et en tenant compte de tout ce qu'il avait accompli, qui pouvait manquer d'être impressionné par sa force et son courage?

— Oui, j'en ai vaguement entendu parler, dit-elle à la hâte. Est-ce que quelqu'un sait où il est en ce moment?

— Il a dit à Hadès qu'il devait aller quérir des pommes magiques, dit

Perséphone. C'est un autre de ses travaux. Atlas l'a accompagné.

— C'est vrai ?

Bien que ce fût Athéna qui avait
conseillé à Héraclès de demander l'aide
des jeunes dieux, secrètement, elle aurait
aimé qu'il préfère avoir son aide à elle.
Elle aimait se sentir spéciale… la seule
personne de toute l'AMO à qui Héraclès
demandait conseil.

— A-t-il demandé où j'étais ?
demanda-t-elle mine de rien.

Aphrodite et Artémis échangèrent
un regard.

— Je suis certaine qu'il doit l'avoir
fait, dit Aphrodite au même moment où
Artémis secouait la tête pour dire non.

Athéna essaya de ne pas se sentir trop froissée, mais la déception dut se lire sur son visage, parce que Perséphone changea de sujet.

— Alors, raconte-nous à propos de la compétition de tissage. Je parie que tu leur as coupé le soufflet! dit-elle d'un ton enjoué.

— Oui, répondit-elle avec un sourire malicieux, j'imagine qu'on pourrait dire ça comme ça.

Puis elle leur raconta ce qui s'était passé.

Lorsqu'Héraclès rentra ce soir-là, il était tout feu tout flamme. Et même de sa chambre, quatre étages au-dessus,

Athéna l'entendait chanter fort et faux en traversant la cour devant l'école. Encore un peu vexée qu'il n'ait pas attendu qu'elle revienne d'Hypaepa pour qu'elle puisse l'accompagner dans son travail suivant, elle se retint pendant quelques minutes. Mais en fin de compte, n'y tenant plus, elle se précipita dans l'escalier.

Malheureusement, presque tous les autres élèves de l'AMO l'avaient également entendu arriver et avaient accourus pour le voir. Il y avait déjà une foule admirative qui se pressait autour de lui au pied des marches de granite lorsqu'Athéna arriva dehors.

— Vous ne croirez pas ce que j'ai dû faire pour obtenir ceci, s'exclamait Héraclès en jonglant avec trois pommes magiques. Elles ne poussent que dans le jardin des Hespérides, sur un arbre magique à l'écorce et aux feuilles d'or.

Il tenait les élèves en haleine en leur racontant comment il avait manigancé pour qu'un dieu de la mer aux mille métamorphoses lui révèle le secret bien gardé de l'emplacement du jardin.

— Où est Atlas ? demanda quelqu'un après un certain temps.

— Je l'ai laissé là-bas à retenir le ciel, dit Héraclès en faisant un sourire en biais.

Les jeunes dieux de son auditoire se mirent à rire, mais Athéna fronça les sourcils. Retenir le ciel ? Quelle mauvaise plaisanterie à faire au pauvre Atlas !

— Ne crois-tu pas que tu devrais retourner le chercher ? demanda-t-elle.

Comme s'il venait juste de remarquer qu'elle était là, Héraclès lui sourit.

— Il semblait bien s'amuser, dit-il avec bonhomie.

Puis il se frotta la nuque.

— Mais j'imagine que je devrais y retourner, enchaîna-t-il.

— On va aller le chercher, se proposèrent Arès et Poséidon.

Une fois qu'ils furent partis, la foule commença à se disperser, et Héraclès retrouva Athéna.

— Salut. Content de te revoir, lui dit-il en lui souriant, un peu mal à l'aise.

— Moi aussi, dit Athéna en se radoucissant à son égard. Mais tu aurais dû m'envoyer un petit mot, comme tu l'as fait pour Zeus, lorsque tu t'es rendu compte que tu serais en retard.

— Tu ne t'es pas inquiétée pour moi? demanda-t-il en haussant un sourcil. N'est-ce pas?

— Bien sûr que non, mentit Athéna.

— Tu es sûre? dit-il en penchant la tête vers elle.

— Eh bien, peut-être un peu, admit-elle.

— Tu ne dois plus jamais te faire de souci pour moi, dit-il en devenant soudainement sérieux et en soutenant son regard. Je ne me suis encore jamais retrouvé dans une situation que je n'ai pas pu maîtriser.

Il lui tendit l'une des pommes magiques.

— Eurysthée peut avoir les deux autres, mais celle-ci, je l'ai prise pour toi. C'est la plus jolie.

— Merci, dit-elle, touchée de sa générosité.

La pomme était parfaitement ronde et brillait comme un soleil miniature. Lorsqu'elle la prit, leurs mains s'effleurèrent. À son grand étonnement, Héraclès rougit. Pourquoi? Après tout, ils s'étaient tenus par la main plusieurs fois lorsqu'ils avaient voyagé au moyen des sandales ailées.

— Alors, dit-elle en faisant semblant de ne pas avoir vu la teinte rosée qui avait envahi son cou et son visage, tu as maintenant terminé le dixième travail, n'est-ce pas?

— En fait, les pommes étaient le onzième travail, dit-il.

— Le onzième? répéta Athéna. Aurais-je mal compté? Je croyais qu'il te restait deux tâches à accomplir.

— Eh bien, j'ai sauté… euh… reporté le neuvième travail, dit-il en rougissant encore davantage. Les autres travaux étaient plus faciles, alors j'ai décidé de revenir à celui-là plus tard. T'es amie avec Perséphone, n'est-ce pas? poursuivit-il avant même qu'elle puisse lui demander quel était ce neuvième travail. Crois-tu que tu pourrais lui demander d'occuper Hadès pendant quelques heures demain avant-midi? poursuivit-il.

— Pourquoi? demanda Athéna.

— Il faudrait que j'emprunte son chien pendant un certain temps.

— Cerbère ? dit-elle en écarquillant les yeux. Laisse-moi deviner. Tu dois aller le montrer à Eurysthée, pour ton avant-dernier travail.

— T'as tout compris, dit Héraclès en faisant un sourire en biais.

Était-il possible qu'il eût déjà oublié à quel point Artémis avait été contrariée lorsqu'ils avaient pris sa biche sans qu'elle le sache ?

— Ne serait-il pas mieux de demander la permission à Hadès au lieu d'essayer de prendre Cerbère derrière son dos ? suggéra Athéna.

— Mais qu'est-ce qu'on fait s'il refuse ? répondit Héraclès, qui réfléchissait en se frottant le menton.

— Essaie, au moins, le pressa Athéna. Je croyais que vous étiez en train de devenir des amis.

— Ouais. Eh bien, d'accord. Si tu penses que c'est mieux comme ça, je vais lui demander demain matin.

Il bâilla.

— Désolé, ç'a été de longues journées. Je pourrais dormir pendant une semaine complète.

— Oh! Je n'aurais pas dû te retenir en discutant, dit Athéna. Tu es exténué!

— Ça va. J'avais envie de te parler, insista Héraclès.

Toutefois, il ne protesta pas lorsqu'elle le prit doucement par le coude et le dirigea vers les marches menant à l'Académie.

— Attends un instant, dit-il comme ils passaient les portes de bronze, j'ai oublié de te demander comment s'était passée ta compétition de tissage.

— Ne m'en parle pas, dit Athéna en soupirant.

— Ho ho. Qu'est-il arrivé ?

— Je vais te raconter tout ça demain.

— Non, dit-il avec entêtement. Maintenant !

L'entraînant, il se laissa tomber sur l'une des marches de l'escalier de marbre menant aux dortoirs. Il refusa de bouger avant qu'elle ne lui ait raconté toute l'histoire.

— Tu l'as changée en araignée? dit-il lorsqu'elle eut terminé. Impressionnant!

— Tu ne crois pas que j'ai été trop cruelle? demanda-t-elle.

— Pas du tout. Arachné l'a bien mérité!

Ses paroles la réconfortaient, mais Athéna doutait encore d'avoir fait la bonne chose. La vision du monde d'Héraclès était si simple. Pour lui, le bien et le mal étaient faciles à distinguer l'un de l'autre, comme le noir du blanc. Mais on ne pouvait dire autant d'elle.

Elle voyait les choses en différents tons de gris, ce qui signifiait que certaines choses étaient quelque peu bien et quelque peu mal. Si elle avait appris quoi que ce soit de sa rencontre avec Arachné, c'était que tous les dieux, elle y comprise, pouvaient réagir aussi vivement que les mortels lorsque la colère s'emparait d'eux. Peut-être que la vraie sagesse consistait à en prendre conscience et à l'accepter.

«Ron… fuuu…»

Ses pensées furent interrompues lorsqu'Héraclès s'affaissa sur ses genoux. Il ronflait! Elle le secoua doucement.

— Q-quoi ? s'exclama-t-il, ouvrant les yeux brusquement.

Prenant conscience de l'endroit où il se trouvait, il se redressa rapidement :

— Désolé, je n'avais pas l'intention de…

— Allez, l'interrompit doucement Athéna. Tu dois monter.

Ils grimpèrent les marches ensemble et se dirent au revoir à l'entrée du dortoir du quatrième étage.

Une fois dans sa chambre, Athéna ne réussit pas à s'endormir. Elle se mit donc à tisser une nouvelle tapisserie, continuant sur le même thème que celle qu'elle avait faite pour la compétition contre

Arachné. Elle sourit intérieurement en imaginant à quel point Héraclès serait surpris lorsqu'elle lui montrerait son travail, car elle s'était inspirée des siens. Elle tissait les scènes représentant tous ses travaux. Alors que la tapisserie faite pour la compétition illustrait les scènes des six premiers travaux d'Héraclès, la nouvelle tapisserie porterait sur les six derniers. Elle montrerait Héraclès en train de monter le taureau de Crète pour traverser la mer, d'attraper les juments, de réunir les bœufs du géryon pendant que le monstre rugissait de furie, et en train de jongler avec les pommes d'or.

Elle aurait aimé s'être souvenue de demander à Héraclès quel était le neuvième travail, celui qu'il avait gardé pour la fin. Il avait laissé entendre que c'était un travail plus difficile que tous les autres, mais elle n'arrivait pas à imaginer quoi que ce soit de plus difficile que ce qu'il avait déjà réalisé! Elle ajouterait les scènes des neuvième et douzième travaux une fois qu'Héraclès les aurait terminés le lendemain. Et s'il avait besoin d'aide pour ce mystérieux neuvième travail, elle ferait tout son possible pour l'aider à réussir.

12

Les derniers travaux

Athéna était si captivée par son tissage ce soir-là que même après que Pandore fut rentrée pour se mettre au lit, elle continua à travailler. Et, bien entendu, elle passa tout droit le lendemain matin (la deuxième fois en une semaine!) et dut sauter le petit déjeuner. Après avoir englouti quelques barres d'énergie Déjeuner des dieux prises dans sa réserve qui baissait rapidement, elle fila à toute vitesse jusqu'au rez-de-chaussée. Elle venait juste de prendre quelques rouleaux de texte dans son casier, lorsque Perséphone arriva en courant, la détresse se lisant sur son visage naturellement pâle.

— Hadès vient de me faire parvenir un mot ! dit-elle en tenant encore serrée à la main la feuille de papyrus. Il y a des problèmes aux Enfers !

— Est-ce que ça concerne Héraclès ? demanda Athéna en retenant son souffle, bien qu'elle fût presque certaine de connaître la réponse.

Et comme de fait, Perséphone hocha la tête.

— Au petit déjeuner ce matin, il a demandé à Hadès de lui prêter Cerbère.

— Mais Hadès a refusé ? devina Athéna.

— Héraclès, dit Perséphone en hochant la tête de nouveau, a semblé bien réagir à ce refus, mais Hadès l'a suivi lorsqu'il est sorti de la cafétéria, juste pour en être certain.

— Laisse-moi deviner, dit Athéna. Héraclès est descendu aux Enfers et a essayé de faire sortir Cerbère en douce.

— Han han. Et lorsqu'Hadès l'a rattrapé, Héraclès essayait de fixer des cornes aux têtes de Cerbère.

— Des cornes? dit Athéna, perplexe.

— C'était un déguisement, j'imagine, dit Perséphone en haussant les épaules. Il essayait de le faire ressembler à une chèvre à trois têtes !

— Comme si personne n'allait s'en apercevoir ! râla Athéna. Alors, maintenant, ce sont Hadès et Héraclès qui s'affrontent, je parie.

— Oui, dit Perséphone en hochant la tête. Et je crains que quelqu'un soit blessé.

« Étant donné la taille et la force d'Héraclès, ce serait fort probablement Hadès, pensa Athéna. Pas étonnant que Perséphone est inquiète. Eh bien, s'il n'y a qu'une bonne raison de manquer les cours, c'est celle-là. »

— Allons voir ce qui se passe, dit-elle en remettant les rouleaux dans son casier et en fermant la porte à la volée.

Les deux filles se métamorphosèrent rapidement en oiseaux, une chouette pour Athéna, et une colombe pour Perséphone, avant de s'envoler directement vers la rivière Styx, où elles redevinrent elles-mêmes aussi vite.

— Nous devons y aller en bateau, lui dit Perséphone. C'est le seul moyen.

Étant déjà allée aux Enfers de nombreuses fois pour rendre visite à Hadès, Perséphone connaissait Charon, le vieux passeur grisonnant.

— Qui est ton amie? lui demanda-t-il lorsqu'il se pencha pour prendre les deux déesses à bord de sa barge.

Lorsque Perséphone eut fait les présentations, Charon enfonça son long bâton dans la rivière et propulsa l'embarcation.

— Alors, j'imagine que tu as entendu parler des feux d'artifice, sur l'autre rive, dit-il d'un air ennuyé. Tous ces grognements et ces cris ont vraiment dérangé mes premiers passagers, et ce n'était pas Cerbère qui faisait tout ce bruit!

Perséphone et Athéna se regardèrent d'un air inquiet.

— Ne peut-il pas aller plus vite? chuchota Athéna.

— Non, dit Perséphone en secouant la tête. Et ne le lui demande pas.

Mais malheureusement, Charon l'avait entendue.

— Les vivants sont toujours si pressés. C'est pourquoi je préfère les morts. Ils ont l'éternité devant eux.

Leur barque toucha enfin la rive opposée, et Athéna et Perséphone sautèrent sur la berge aussitôt.

— Merci! lancèrent-elles à Charon alors qu'il repoussait déjà son bateau pour retourner de l'autre côté.

Un épais brouillard gris et humide les empêchait de voir devant elles alors qu'elles se hâtaient dans un sentier marécageux. Mais Athéna pouvait entendre les garçons qui criaient plus loin devant. Elle faillit perdre une sandale dans la vase, et l'odeur des herbes pourrissant dans l'eau stagnante lui donnait des haut-le-cœur. Comme elle s'y était attendue, les Enfers étaient un endroit glauque.

Puis le brouillard se leva, et elles arrivèrent devant des champs et des champs de longues tiges surmontées de jolies fleurs blanches.

— Des asphodèles, l'informa Perséphone, mine de rien. C'est ce dont se nourrissent les morts... leurs fantômes, plus précisément.

« Intéressant », pensa Athéna en · humant le parfum suave des fleurs.

Elle aurait aimé avoir le temps de bien regarder ce qui l'entourait, et peut-être même de rencontrer quelques fantômes, puisque c'était la première fois qu'elle venait dans cet endroit. Mais Perséphone et elle étaient là en mission! À l'autre extrémité du deuxième champ d'asphodèle, elles virent les garçons.

Héraclès faisait tournoyer son gourdin comme s'il avait l'intention de s'en servir. Mais sur quoi ou sur qui? Hadès n'était nulle part en vue. Et Cerbère se tenait à quelque distance de là, ses trois têtes posées sur ses pattes et sa queue de serpent lovée autour de lui. Il semblait avoir sagement décidé de ne pas se mêler de l'altercation entre les garçons.

— Tu ne peux pas taper sur quelque chose que tu ne vois pas, hein, Héraclès? narguait la voix d'Hadès, surprenant les deux jeunes déesses.

— Il doit porter son casque d'invisibilité, chuchota Perséphone à Athéna. Il m'en a parlé une fois, mais il a dit qu'il ne devait servir qu'en temps de guerre.

— Ça ressemble plutôt à ça, chuchota Athéna à son tour pendant qu'Héraclès fendait l'air de sa massue.

— Allez, bats-toi de manière équitable! Montre-toi! cria-t-il.

— Arrête ça immédiatement! hurla Athéna.

Stupéfait, Héraclès pivota vers elle.

— Toi aussi, Hadès ! lança Perséphone. Tout ceci est ridicule !

Entendant sa voix, les têtes de Cerbère se relevèrent et sa queue de serpent se mit à s'agiter joyeusement. Sautant sur ses pieds, il courut en bondissant jusqu'à Perséphone et se mit à lui lécher le visage de ses trois langues.

Au moment même où Héraclès baissait son gourdin, Hadès retira son casque d'invisibilité et redevint visible.

— Parlons de ce qui se passe, dit Athéna en regardant les deux jeunes dieux d'un air consterné.

— J'ai déjà essayé, dit Héraclès en fusillant Hadès du regard. Mais mon gourdin est plus convaincant que mon discours. La meilleure manière de régler ça, c'est de se battre.

— Non, dit Athéna en croisant les bras sur sa poitrine. Assis, et assis, poursuivit-elle en montrant le sol du doigt.

Elle se rendit compte qu'elle faisait exactement comme son père. Mais cela fonctionna, car les deux garçons s'assirent sur le sol. De même que Cerbère.

— Serrez-vous la main, dit-elle.

Cerbère tendit une patte.

— Non, pas toi, dit Perséphone en frottant son pelage. Eux, enchaîna-t-elle en montrant les garçons.

L'air un peu piteux, Héraclès tendit une main vers Hadès. Après quelques moments d'hésitation, Hadès lui serra la main.

— Voilà qui est mieux, dit Athéna. As-tu expliqué à Hadès pourquoi tu voulais emprunter Cerbère ? demanda-t-elle en se tournant vers Héraclès.

— Oui. Parce que je dois aller le montrer à mon cousin.

— Ce n'est pas une très bonne raison pour le faire sortir des Enfers, dit Hadès en fronçant les sourcils. Cerbère est un chien de travail. Il a du boulot à faire ici !

Tout le monde se mit à regarder Cerbère. Le chien s'était couché sur le dos et se tortillait dans l'herbe tandis que Perséphone lui grattait le ventre.

— C'est ce qu'on peut voir, dit Héraclès sèchement.

Athéna ne put s'empêcher de faire un petit sourire.

— Héraclès t'a-t-il expliqué qu'emprunter Cerbère lui permettrait d'accomplir son douzième travail ? demanda-t-elle à Hadès.

— Oui, dit Hadès. Mais je ne suis pas trop d'accord que Cerbère y participe, peu importe ce qu'un quelconque oracle ait pu dire. Et à quoi servent tous ces travaux, de toute manière ?

Athéna ne lui révéla pas qu'elle s'était posé la même question. Zeus devait certainement avoir une bonne raison, mis à part le fait qu'il veuille voir si Héraclès méritait vraiment d'étudier à l'AMO, mais, quelle que fût cette raison, il ne lui en avait certainement pas révélé la teneur. Et à coup sûr, il devait s'agir de quelque chose de très important !

— Écoute, tu sais que le cousin d'Héraclès a été choisi pour décider quels travaux il devrait accomplir, pas vrai ? dit Athéna à Hadès. Héraclès n'a rien à voir là-dedans.

Hadès hocha la tête.

— Alors, dit Athéna, puisque c'est le douzième travail, c'est sans doute la tâche la plus imposante et la plus diffi-cile à laquelle il ait pu penser.

Elle fit une pause pour laisser le temps à cet énoncé de faire son effet.

Hadès ne disait rien, mais il écoutait visiblement avec beaucoup d'attention.

— Eurysthée voit de toute évidence Cerbère comme étant l'une des créatures les plus redoutables, au même titre que l'hydre, le taureau de Crète et le géryon. Ma foi, c'est presque un honneur que Cerbère fasse partie des travaux.

Athéna omit de dire que nettoyer les écuries d'Augias faisait aussi partie de la liste des travaux, et elle espérait qu'Hadès n'en ait pas entendu parler ou à tout le moins qu'il ne s'en souviendrait pas.

Mais heureusement, ses paroles semblaient l'avoir ébranlé.

— Vraiment ? dit-il en regardant Héraclès, qui hocha la tête.

Il demeura silencieux pendant quelques instants, semblant réfléchir profondément.

— Si je te laissais prendre Cerbère… reprit-il enfin à l'intention d'Héraclès.

— Oui ? répondit celui-ci avec empressement.

— Il faudrait qu'il soit d'accord. Je veux dire qu'il faudra que tu l'emmènes sans user de la force.

— Bien sûr, d'accord, dit Héraclès.

— Et pour montrer ta bonne foi, continua Hadès, tu devras me laisser ton gourdin jusqu'à ce que tu reviennes aux Enfers pour ramener Cerbère.

— Hors de question! rugit Héraclès en serrant son gourdin sur sa poitrine.

— Par tous les dieux! dit Athéna. Tu es aussi attaché à ta massue qu'Eurysthée est attaché à son urne!

— Ce n'est pas la même chose, dit-il, vexé.

— Ah non? répondit-elle en le fixant du regard.

— Bon, d'accord, dit Héraclès en baissant les yeux sur son gourdin et en soupirant. S'il le faut.

Puis, le berçant comme s'il s'agissait d'un bébé, il le déposa sur les bras tendus d'Hadès.

— Whoa! s'exclama Hadès en chancelant vers l'avant et en perdant presque l'équilibre alors que ses bras s'affaissaient sous le poids de la massue. Pas tout à fait léger, n'est-ce pas?

— Tu me promets de surveiller mon gourdin et de voir à ce qu'il soit en sécurité? dit Héraclès en le regardant solennellement.

— Croix de bois, croix de fer, si je mens, je vais en enfer, répondit Hadès sobrement.

Et, tout à son honneur, il ne se mit pas à rire. Mais étant donné le poste qu'occupait Hadès, ce n'était pas un serment bien difficile à faire, pourtant Héraclès l'accepta.

Tout de même, Cerbère ne semblait pas trop content de quitter les Enfers, particulièrement avec quelqu'un qui avait essayé de lui planter des cornes sur les têtes. Il rouspéta et claqua les mâchoires lorsqu'Héraclès essaya de le prendre.

— Essaie avec ça, dit Hadès en sortant de sa poche une poignée de biscuits pour chiens.

Avec l'aide des gâteries, Héraclès réussit enfin à convaincre Cerbère de venir avec lui. Perséphone et Athéna les accompagnèrent sur la barque de Charon, mais Hadès resta sur la berge de la rivière pour attendre le retour de Cerbère. Alors qu'ils s'éloignaient de la rive, Héraclès regardait d'un air nostalgique sa massue, qu'Hadès avait toujours dans les mains.

— Peut-être pourrais-je tout simplement…

— N'y pense même pas, l'interrompit Athéna. Le gourdin reste aux Enfers. Compte-toi chanceux qu'Hadès ait accepté de passer ce marché avec toi.

Héraclès bouda un tantinet, mais elle tint son bout. Lorsqu'ils atteignirent l'autre côté de la rivière, Cerbère et lui partirent en direction de la maison de son cousin.

Lorsque les filles revinrent à l'AMO, elles avaient déjà manqué leurs cours de la matinée, de même que le déjeuner.

— À plus tard, lança Athéna à Perséphone.

Puis elle se dépêcha de se rendre au cours de vengeance-ologie.

Héraclès finit par arriver vers la fin du cours, sans Cerbère et avec son gourdin.

— Désolé d'être en retard, dit-il à madame Némésis.

Elle se contenta de hocher la tête et lui dit d'aller s'asseoir. Athéna se demanda pourquoi elle n'avait pas bronché, d'autant plus qu'il avait manqué toute une semaine de cours, mais elle se dit que si tous les étudiants étaient au courant des travaux d'Héraclès, les ensei-gnants devaient l'être aussi. Zeus leur avait probablement demandé d'excuser ses absences.

Héraclès leva un pouce à l'intention d'Athéna avant de s'asseoir pour lui signifier qu'il avait réussi. Et en faisant un grand sourire, il montra son gourdin. Cependant, ils n'eurent pas l'occasion de se parler avant la fin du cours.

— Merci de ton aide, avec Cerbère, dit-il comme ils sortaient de la classe ensemble.

— Tout s'est bien passé ? demanda-t-elle.

Il hocha la tête.

— Eurysthée s'est-il encore une fois caché dans son urne ?

— Il était plus terrifié par Cerbère encore que par toutes les autres créatures ensemble ! dit Héraclès en riant. Tu aurais dû voir combien Hadès était fier quand je lui ai dit ça. Et je crois que Cerbère aussi en était heureux.

— Ainsi, dit Athéna, il ne reste plus qu'un seul travail à accomplir. Ce fameux neuvième travail.

— Oui, dit Héraclès en lui jetant des regards mal à l'aise et en se dandinant d'un pied sur l'autre.

— Il doit être vraiment difficile, puisque tu l'as repoussé jusqu'à la fin, dit-elle comme ils arrivaient aux casiers.

— Il l'est, dit-il en soupirant. Très difficile. Très très difficile. Très, très, très…

— Ça va, j'ai compris. Mais je peux peut-être t'aider.

— On peut s'asseoir un instant? dit Héraclès en montrant un banc de l'autre côté de l'allée.

Athéna hocha la tête, et une fois qu'ils furent assis, elle se pencha vers lui.

— Je vais faire tout ce que je peux pour t'aider à réussir. Tu le sais, n'est-ce pas?

— Promis? demanda-t-il, les yeux brillants d'espoir.

— Bien entendu, dit Athéna. Fais juste me dire de quoi il s'agit.

Sans la regarder vraiment, il ouvrit la bouche, puis la referma, puis essaya de nouveau.

— Je... je ne peux pas le dire, dit-il enfin. Il faut simplement que je le fasse.

— D'accord ! dit Athéna.

« Qu'est-ce qui peut bien être plus difficile que le crottin, les taureaux, les oiseaux tueurs et tout le reste ? » se demanda-t-elle.

— Tu vas m'aider ? dit-il avec un éclat étrange et déterminé dans les yeux.

Était-ce son imagination ou s'était-il rapproché d'elle ?

— J'ai dit que je le ferais, dit-elle en hochant la tête. Alors...

— Merci, l'interrompit-il.

Et avant même qu'elle puisse pro-
noncer un mot de plus, il ferma les yeux,
avança les lèvres et se glissa vers elle.

Surprise, elle tourna la tête. Le baiser
d'Héraclès atterrit sur sa joue. Athéna
sauta sur ses pieds. Elle avait les joues en
feu.

— Par tous les dieux ! P-pourquoi
as-tu fait ça ? demanda-t-elle.

Mais avant même qu'il puisse lui
répondre, elle fondit en larmes. Elle ne
savait même pas pourquoi. Son baiser
était simplement si... si inattendu !

— Athéna, dit-il en sautant sur ses
pieds à son tour, l'air troublé. Je suis...

Trop gênée pour écouter ce qu'il voulait lui dire, elle se retourna pour se sauver et rentra tout droit dans… Méduse et Pheme.

— Quelle petite scène intéressante, dit Méduse, arborant un sourire grimaçant encore plus grand que d'habitude.

Les yeux de Pheme étincelèrent lorsqu'elle regarda Héraclès. Elle savourait de toute évidence le potin qu'on venait de lui offrir sur un plateau d'argent.

Athéna regarda Héraclès.

— Athéna! lui lança-t-il. Désolé si je t'ai mal comprise. Je…

— Laisse-moi tranquille! cria-t-elle.

Totalement humiliée, elle recula, puis se retourna et partit en courant se réfugier dans sa chambre.

13

Obtenir une faveur

Athéna se jeta sur son lit et enfouit son visage dans son oreiller, sanglotant de gêne et… et de quelque chose d'autre, aussi… de désarroi. La tentative de baiser d'Héraclès l'avait chamboulée. Soudainement, elle n'était plus aussi certaine qu'elle avait cru l'être de ses sentiments envers lui. L'aimait-elle plus que simplement en ami? Il était mignon, et elle avait du plaisir à être en sa compagnie. Comment faisait-on pour savoir avec certitude?

Aphrodite et Perséphone croyaient qu'il l'aimait bien. Mais s'il n'avait fait que profiter d'elle pour qu'elle l'aide dans ses travaux, comme Artémis l'avait laissé entendre? Elle aurait aimé savoir ce qu'il pensait vraiment d'elle. Elle boxa son oreiller. Cela faisait trop de choses à régler dans sa tête. Si seulement elle pouvait s'enfermer dans sa chambre et ne plus jamais en sortir!

Mais bien entendu, elle ne le pouvait pas. La cloche-lyre allait retentir d'un moment à l'autre. Ainsi, après avoir essuyé ses larmes, elle attrapa encore une autre barre d'énergie (bien qu'elle commençât à s'en lasser) et se fit violence pour descendre assister à ses cours de l'après-midi. Elle examinait toutefois avec soin le couloir avant de tourner chaque coin, pour s'assurer de ne pas tomber sur Héraclès, car elle n'était pas encore prête à l'affronter. Ignorant les regards curieux qu'on lui jetait et les murmures qui l'entouraient, elle garda le nez dans ses rouleaux de texte pendant la durée du cours.

Ses trois meilleures amies l'attendaient à la sortie de la classe.

— Avez-vous… commença Athéna.

— Oui, nous avons entendu les rumeurs, dit Aphrodite comme elles passaient devant des étudiants qui les dévisageaient.

— C'est pourquoi nous sommes là, dit Perséphone en hochant la tête d'un air grave.

— On va s'assurer que personne ne t'embête avec ça, ajouta Artémis.

Ses trois amies l'entouraient comme un bouclier protecteur lorsqu'elles se mirent en marche dans le couloir.

Comme les filles approchaient de l'escalier de marbre, Héraclès apparut.

— Athéna, lui lança-t-il. Est-ce que je peux te parler? S'il te plaît?

Il semblait imperméable aux ricane-
ments qui provenaient de plusieurs
petits groupes d'étudiants qui passaient
par là au même moment.

Les amies d'Athéna lui jetèrent des
regards noirs.

— Va voir ailleurs, homme-lion,
aboya Artémis. Tu as fait assez de mal
pour aujourd'hui.

Émettant des grondements de gorge,
ses chiens retroussèrent leurs babines
pour montrer les dents.

— Ne vois-tu pas que tes attentions
ne sont pas les bienvenues ? dit Aphrodite
en haussant un sourcil.

— Il vaudrait mieux que tu gardes
tes distances pendant un certain temps,
lui conseilla Perséphone.

— C'est à Athéna que j'ai parlé, dit Héraclès d'un air têtu.

Ignorant les remontrances des autres filles, il fit un pas de plus en sa direction.

— Voudrais-tu me parler, s'il te plaît, Athéna? poursuivit-il.

Elle voulait refuser, mais cela ne serait-il pas en contradiction avec ce qu'elle avait essayé de lui faire comprendre toute la semaine, qu'il valait mieux résoudre les problèmes en parlant? De plus, il avait l'air si malheureux!

— D'accord, dit-elle enfin.

— Tu en es certaine? demanda Aphrodite.

— C'est ce que tu veux réellement ?
dit Perséphone en scrutant le visage
d'Athéna.

— Peut-être devrions-nous rester
avec toi, dit Artémis. Au cas où il essaie-
rait de faire quelque chose.

Athéna fit un geste de la main pour
leur signifier de s'en aller, légèrement
amusée de voir leur férocité à la
protéger.

— Je vais m'en tirer, mais merci, les
filles.

— Nous serons dans ma chambre si
tu as besoin de nous, lança Aphrodite
par-dessus son épaule pendant que les
trois déesses montaient l'escalier.

— Je vais aller vous rejoindre bientôt, répondit Athéna.

Elle se retourna vers Héraclès. Et elle remarqua alors seulement que les poignées de deux grands sacs étaient passées sur son gourdin.

— Tu nous quittes ? demanda-t-elle avec un serrement dans la poitrine et tentant de ne pas laisser transparaître la panique qui s'emparait d'elle.

— Zeus me renvoie sur Terre, dit-il, mal à l'aise en haussant les épaules.

— Mais pourquoi ?

Elle avait tellement envie qu'il ne parte pas !

— Je t'ai dit hier, dit Héraclès en fixant le sol, que je ne m'étais encore jamais retrouvé dans une situation que je n'avais pas pu maîtriser. Eh bien, ce n'est plus le cas maintenant. J'ai complètement loupé ce neuvième travail. J'étais censé gagner les faveurs d'une fille forte. Et puisque tu es la fille la plus forte que je connaisse, j'ai essayé de trouver le moyen de faire en sorte que tu m'aimes. J'ai pensé que t'embrasser ferait l'affaire. Mais je… j'ai fait une erreur.

Il leva les yeux vers elle.

— Je suis désolé. Je t'aime vraiment beaucoup, Athéna.

Pas besoin d'être déesse de la sagesse pour savoir qu'il était sincère.

«Dis-lui que tu l'aimes aussi», pensa-t-elle, mais sa langue se fit aussi lourde qu'une pierre dans sa bouche.

— J'ai raconté à Zeus ce qui s'est passé, continua-t-il en rougissant un peu. Puisque j'ai échoué, ce n'est que justice que je doive quitter le mont Olympe et demeurer un mortel.

Il fit une pause.

— Mais je ne pouvais pas partir avant de t'avoir remerciée de ton aide, même si tu ne l'as fait que parce que Zeus te l'avait demandé.

Ce fut au tour d'Athéna de rougir.

— C'est mon père qui t'a dit ça ?

Héraclès hocha la tête.

— Il m'avait demandé de ne pas t'en parler, dit-elle. Mais à vrai dire, j'étais contente qu'il m'ait demandé de t'aider.

Je... j'ai aimé ça, dit-elle en lui jetant un regard gêné.

— Merci de me l'avoir dit, fit Héraclès en hochant la tête.

Et comme il transférait son gourdin et ses sacs d'une épaule à l'autre, les paroles de madame Némésis revinrent en trombe à l'esprit d'Athéna : « Il faut parfois plus de force pour pardonner un affront que pour s'efforcer de se venger. » Si elle laissait partir Héraclès à ce moment-là, elle serait vengée de sa gêne et de son désarroi relativement à ce baiser présomptueux. Mais était-ce ce qu'elle voulait vraiment ? Elle sourit, se rappelant le jour où, dans le cours de madame Némésis, il avait fait tomber son gourdin sur son pied. Et lorsque madame Némésis lui avait demandé si tout allait bien, il avait répondu :

— Aucune blessure. Sauf à mon orgueil.

Eh bien, sa « blessure » à elle n'était pas pire que la sienne. Au fond de son cœur, elle l'avait déjà pardonné. Et pendant qu'ils se tenaient là l'un devant l'autre, une idée commençait à germer dans son esprit. Peut-être pourrait-elle arranger les choses pour qu'il puisse rester à l'AMO.

— Dans combien de temps dois-tu partir ? demanda-t-elle.

— Hermès doit venir me chercher dans une heure avec son char. Je vais aller l'attendre à la bibliothèque.

— Hum, dit-elle en hochant la tête. Je dois aller faire quelque chose, là, maintenant. Mais ensuite, je…

— Tu es occupée, l'interrompit-il en reculant d'un pas. Pas de problème. Nous pouvons nous dire au revoir maintenant. Je comprends.

— Non, tu ne comprends pas, dit-elle en tendant la main pour toucher son bras avec délicatesse. Viens me rejoindre au bureau du directeur Zeus dans 45 minutes, d'accord ? Ne quitte pas l'AMO avant ça. Promis ?

— D'ac, dit-il en haussant un sourcil interrogateur, mais en faisant néanmoins un signe de tête.

En souriant, Athéna grimpa l'escalier au pas de course jusqu'à sa chambre. La tapisserie qui était encore sur son métier était presque terminée ; il ne manquait qu'une seule scène. Ses doigts voletaient alors qu'elle tissait la scène finale. Une fois la tapisserie terminée, une demi-heure plus tard, elle la retira du métier et la roula. Puis elle prit la première tapis-serie, celle qu'elle avait faite lors de la compétition, et mit les deux dans un sac, puis quitta sa chambre.

Aphrodite ouvrit la porte à la volée avant même qu'Athéna ait pu y cogner. À l'intérieur, Perséphone et Artémis se levèrent d'un bond du lit recouvert de coussins où elles s'étaient installées pour jouer au jeu de dames grec.

— Que s'est-il passé ? demandèrent-elles d'une seule voix.

Athéna leur raconta tout ce que lui avait dit Héraclès. Lorsqu'elle eut terminé, Perséphone poussa un grand soupir.

— Héraclès a certainement agi à la légère. Mais il s'est également excusé. Je crois qu'il est plutôt gentil, tout comme Hadès.

— Alors, tu le crois ? demanda Artémis. Tu penses qu'il était sincère ?

— Je le crois, dit Athéna en hochant la tête.

— La fille la plus forte qu'il connaît, répéta Aphrodite.

Les yeux brillants, elle serra un coussin en forme de cœur sur sa poitrine et poussa un soupir d'aise.

— Oh, il t'aime, ça, c'est sûr. Quel dommage qu'il doive partir !

— Ça ne sera peut-être pas nécessaire, dit Athéna.

En montrant son sac, elle exposa son plan à ses amies.

— Héraclès doit venir me rejoindre au bureau de mon père dans quelques minutes, dit-elle en terminant. Vous voulez venir aussi ? Votre soutien ne me fera pas de tort, et il se pourrait bien que j'aie besoin de témoins.

Les trois acceptèrent sur-le-champ et quelques instants plus tard, les quatre apprenties déesses passaient la porte du bureau de Zeus. Elle ne put dire s'il la tenait pour responsable de l'échec d'Héraclès, bien que les nouvelles marques de roussi qu'elle remarqua sur les meubles donnaient à penser qu'il était plutôt d'humeur massacrante. Les filles venaient juste de tirer des chaises autour de son bureau lorsqu'Héraclès arriva à son tour.

— Tu es encore là? grogna Zeus en se levant de son trône doré.

Le visage d'Héraclès vira au rouge. Il commença à marmonner des excuses et à reculer, mais sautant de sa chaise, Athéna lui fit signe d'approcher. Tenant toujours son sac, elle se pencha au-dessus du bureau de Zeus.

— Héraclès aurait encore le temps de terminer sa dernière tâche avant la fin de la journée, n'est-ce pas ? demanda-t-elle.

— Oui, dit Zeus en fronçant les sourcils, mais je croyais…

Osant interrompre son père, Athéna se retourna de nouveau vers Héraclès.

— S'il te plaît, mets-toi à genoux devant moi.

Une lueur de perplexité traversa les yeux d'Héraclès, mais il s'agenouilla tout de même aux pieds d'Athéna.

Alors que son père et ses amies l'observaient, Athéna tira les deux tapisseries de son sac.

— Avec ce présent, moi, Athéna, jeune déesse forte, je t'octroie une faveur, dit-elle en tendant à Héraclès les tapisseries roulées.

— Je ne comprends pas, dit-il en les prenant. Qu'est-ce que c'est?

— Des tapisseries, dit Athéna. Déroule-les.

— Oh, dit-il, l'air heureux lorsqu'il comprit enfin. Tu les as faites toi-même? Pour moi?

Elle fit un signe de la tête.

— MAIS DÉROULE-LES, BON SANG ! tonna Zeus, ce qui fit sursauter tout le monde.

Il tassa une pile de papyrus, une montagne de magazines et des bouteilles de jus de Zeus vides sur son bureau gigantesque pour faire de la place. Héraclès disposa les deux tapisseries sur le bureau, et tout le monde s'approcha pour les regarder. Athéna ne pouvait s'empêcher de se sentir fière que la douzaine de scènes qu'elle avait tissées soit accueillie avec autant d'exclamations d'admiration.

— Elles… elles sont merveilleuses ! dit Héraclès en examinant chaque scène avec soin. Je n'arrive pas à croire que tu aies fait tout ça ! Les 12 travaux y sont ! Personne ne m'a jamais offert quoi que ce soit d'aussi beau.

En entendant ces louanges, Athéna ressentit un petit chatouillement étranger dans son estomac. Elle se prit à se demander l'effet que cela lui aurait fait si elle n'avait pas tourné la tête au moment où Héraclès avait essayé de l'embrasser. Si son plan réussissait et qu'il restait, peut-être devrait-elle demander des conseils à Aphrodite après tout !

— Est-ce que ce garçon est caché dans une urne ? demanda Aphrodite en montrant la scène représentant Héraclès

tenant le sanglier d'Érymanthe au-
dessus de l'urne dans laquelle son cousin
était recroquevillé.

Athéna et Héraclès hochèrent tous les
deux la tête en riant.

— Je vous présente mon incroyable-
ment courageux cousin Eurysthée, dit
Héraclès.

— Et ça, c'est ma biche? s'étonna
Artémis en regardant la scène montrant
Delta qui sortait la tête du baluchon
qu'Héraclès portait sur son dos. Elle est
si belle! Et elle a l'air si vraie qu'on aurait
envie de la flatter! poursuivit Artémis en
passant les doigts sur les fils avec
stupéfaction.

— Regarde, c'est Cerbère! dit Perséphone en examinant la deuxième tapisserie. Et là c'est toi à la fin, dit-elle à Athéna, tu tends les tapisseries à Héraclès sous le regard de Zeus!

Ils se retournèrent tous pour regarder son père. Zeus avait été inhabituellement tranquille pendant tout ce temps, mais là, il asséna une claque sur l'épaule d'Athéna. Elle sursauta un brin alors qu'une décharge la traversa.

— C'est fantastique, tout ça, Athé! dit-il. Encore mieux que ce que j'avais espéré. Bien entendu, je ne savais pas que tu tisserais ces scènes lorsque je t'ai demandé de... euh... lorsque tu as décidé d'aider Héraclès, mais...

Il s'arrêta de parler, et ses yeux devinrent vagues.

— Oui, Métis, ma chérie, dit-il. Les tapisseries d'Athé sont des œuvres d'art ! Et non, je n'allais pas présumer simplement qu'elle me laisserait les copier. J'allais lui demander.

— Les copier ? dit Athéna.

Zeus sourit en la regardant avec une fierté non dissimulée.

— Avec ta permission, j'aimerais que mon architecte copie tes tableaux pour décorer mon nouveau temple !

Il fit un signe vers la maquette, qui se trouvait maintenant sur une étagère.

Des exclamations de surprise remplirent la pièce. Athéna savait que c'était tout un honneur.

— Oui, ça me semble fantastique, dit-elle, enchantée qu'il eût aimé son travail à ce point.

— Fantastique, ça, c'est sûr.

Des étincelles volèrent dans tous les sens lorsque Zeus se frotta les mains. Tous se baissèrent pour se mettre à l'abri.

— Il se trouve justement qu'il y a 12 surfaces libres pour des fresques, poursuivit-il. Et les artistes devront commencer dès demain afin d'avoir terminé à temps pour les grandes cérémonies d'inauguration.

« Hein ? pensa Athéna, un instant. Serait-ce possible que Zeus ait fait faire tout ça à Héraclès et à moi juste pour avoir des idées de fresques à temps, pour que ses artistes puissent les peindre sur les murs de son temple ? » Ses yeux tombèrent sur un exemplaire de *Temples d'aujourd'hui* qui était tombé sur le sol lorsque Zeus avait poussé le fouillis de son bureau afin de faire de la place pour les tapisseries. Son regard s'arrêta sur l'un des titres en couverture, « Tendance du jour : décorez votre temple en illustrant les exploits des mortels ».

Athéna ne savait pas si elle devait rire ou… ou quoi ? Mais Zeus avait l'air aussi heureux qu'un petit enfant format géant lorsqu'il ordonna à madame Hydre de faire appeler les artistes pour qu'ils puissent copier les tapisseries et décorer son temple en illustrant les incroyables exploits d'Héraclès.

Athéna rit intérieurement. Tout lui apparaissait si clairement, maintenant. Par le truchement de cet oracle, Zeus avait fomenté l'histoire des 12 travaux, puis l'avait convaincue d'aider Héraclès à les accomplir, tout ça au profit de son nouveau temple ! Il était bien ratoureux, son cher vieux papa. Mais elle ne pouvait néanmoins s'empêcher de l'aimer.

Se raclant la gorge en émettant un son de tonnerre qui roule au loin, Zeus annonça que la période d'essai d'Héraclès était terminée et qu'il pouvait désormais rester au mont Olympe.

— Tu as accompli ce que l'oracle t'avait demandé, dit-il. Mais pour ce qui est de l'immortalité, nous devrons en reparler plus tard, une fois que tu seras devenu adulte.

— Merci, Monsieur le directeur Zeus, dit Héraclès en faisant un sourire qui lui fendait le visage. Je ne vous décevrai pas, c'est promis. J'aime vraiment fréquenter l'AMO, et je ne ferai rien qui pourra me valoir d'être expulsé!

— Merci, Athé, dit Zeus en lui chuchotant à l'oreille après avoir approché son énorme tête alors que tout le monde quittait son bureau. Je savais que je pouvais compter sur toi.

Athéna le dévisagea avec surprise. Non seulement à cause de ce qu'il venait de lui dire, mais aussi parce qu'elle n'avait aucune idée jusque-là qu'il fût capable de chuchoter !

En se relevant, Zeus tonna à l'endroit d'Héraclès :

— Apporte tes tapisseries à mon bureau dès demain matin, mon garçon ! Je veux te les emprunter pour quelques jours.

— À vos ordres, Monsieur le directeur Zeus !

Héraclès colla les tapisseries sur sa poitrine comme si elles avaient autant d'importance à ses yeux que son fameux gourdin.

Alors que tous sortaient, Athéna se retrouva à côté d'Héraclès. Aphrodite, Artémis et Perséphone étaient à quelques pas derrière, se frayant prudemment un chemin hors du bureau de Zeus et s'émerveillant sur les objets bizarres qu'elles rencontraient ce faisant.

— Je suis heureuse que tu puisses rester, dit Athéna à Héraclès.

— Vraiment ? dit-il d'un ton aguicheur en levant un sourcil.

— Vraiment, répondit Athéna.

Et avant de pouvoir se dégonfler, elle glissa sa main dans la sienne.

Héraclès faillit en laisser tomber les tapisseries de surprise, et il jeta un coup d'œil à ses pieds.

— Nous ne portons pas de sandales ailées.

— Je sais, dit Athéna.

S'il y avait un seul moment et un seul endroit pour faire ce que lui dictait son cœur, c'était bien celui-là.

Il serra sa main et se mit à siffler, faux, alors qu'ils continuaient à marcher dans le couloir. Et lorsqu'il se tourna pour lui sourire, elle lui sourit en retour avec sagesse.

NE MANQUEZ PAS
LE TOME 6

À propos des auteures

JOAN HOLUB est l'auteure primée de plus de 125 livres pour les jeunes, notamment de *Shampoodle*, *Knuckleheads*, *Groundhog Weather School*, *Why Do Dogs Bark?* et de la série Doll Hospital. Des quatre déesses, celle à qui elle ressemble le plus est sans doute Athéna, car comme elle, elle adore imaginer de nouvelles idées… de livres. Mais elle est contente que son père n'ait jamais été le directeur de son école !

Visite son site Internet, au www.joanholub.com.

SUZANNE WILLIAMS est l'auteure primée de près de 30 livres pour enfants, dont *Library Lil*, *Mommy doesn't Know My Name*, *My Dog Never Says Please*, et des séries Princess Power et Fairy Blossoms.

Son mari dit qu'elle est la déesse des questions assommantes (la plupart au sujet des comportements bizarres de son ordinateur). Ce qui la fait ressembler un peu à Pandore, sauf que Pandore n'a jamais eu à composer avec les problèmes d'ordinateur. Comme Perséphone, elle adore les fleurs, mais elle n'a pas le pouce vert comme elle. Suzanne vit à Renton, dans l'État de Washington.

Visite son site Internet, au www.suzanne-williams.com.